MILENA MOSER

Gebrochene Herzen
oder
Mein erster bis elfter Mord

Buch

In ihrem schriftstellerischen Debüt mit Kultstatus führt uns Milena Moser Frauen vor, die einfach vor nichts zurückschrecken: Sie zerren betrunkene Männer heim, schubsen Französischlehrerinnen vor den Bus, fahren dauerbesetzte Telefonkabinen um, ersticken übel riechende Dicke. Und das aus nichtigem Anlass. Etwa wegen eines Missverständnisses. Aus Liebe. Selbstverständlich sind alle bis zur Hysterie sensible Geschöpfe, brechen gern und oft in Tränen aus, wenn ihr Stolz gekränkt oder, schlimmer, ihre Liebe enttäuscht wird. Dann rächen sie sich trockenen Auges, sie morden mit jener Nonchalance, mit der sie ein Nerzcape abstreifen würden – vorausgesetzt, sie hätten eins. Mit zu starken Gefühlen, zu schwachen Nerven, zu tiefen Ausschnitten und zu hohen Absätzen stöckeln sie durch eine absurde Welt, ständig auf der Suche nach jenem Leim, der ihre gebrochenen Herzen wieder kitten könnte.

Autorin

Milena Moser, 1963 in Zürich geboren, lebt als freie Schriftstellerin in San Francisco. Zu ihren größten Erfolgen zählen: »Die Putzfraueninsel« (1991), »Schlampenbuch« (1992), »Blondinenträume« (1994) und zuletzt »Artischockenherz« (1999).

Als Blanvalet Taschenbuch lieferbar:

Artischockenherz (35520) – Bananenfüße (35901) – Die Putzfraueninsel (36128) – Das Schlampenbuch (36175) – Sofa, Yafa, Mord (36380)

Milena Moser

Gebrochene Herzen

oder

Mein erster bis elfter Mord

blanvalet

Umwelthinweis:
Alle bedruckten Materialien dieses Taschenbuches
sind chlorfrei und umweltschonend.

1. Auflage
Taschenbuchausgabe August 2006 bei Blanvalet,
einem Unternehmen der Verlagsgruppe
Random House GmbH, München.

Umschlaggestaltung: Design Team München
Umschlagillustration: Tertia Ebert
Satz: DTP Service Apel, Hannover
Druck und Einband: GGP Media GmbH, Pößneck
LW · Herstellung: Heidrun Nawrot
Printed in Germany
ISBN-10: 3-442-36227-X
ISBN-13: 978-3-442-36227-1

www.blanvalet-verlag.de

Dieses Buch ist meiner Mutter
Marlis Pörtner gewidmet

Ich habe einen Mann gefunden

Ich habe einen Mann gefunden. Nicht dass ich einen gesucht hätte. Ich habe ihn einfach gefunden, wie ich fast täglich etwas finde: Knöpfe, Münzen, verbogene Schlüssel, Spielfiguren, bekritzelte Papierschnipsel, Murmeln, bunte Scherben, zerzauste Dartspfeile, Federn, einmal sogar einen synthetischen Rubin, den ich im Dunkeln für ein Stück Glas gehalten hatte, und dann eben, eines Tages, diesen Mann.

Das war, so weit ich mich erinnere, an einem Sonntag. Es muss ein Sonntag gewesen sein, weil ich sonntags immer früh aufstehe, als Einzige im Haus. Ich gehe zwar nicht in die Kirche, aber ich tue immerhin so. Ich ziehe mich ordentlich an: weiße Bluse mit gewaltigem Kragen, dunkler Rock, Strickjacke und natürlich, wichtig! kleiner Hut und Handschuhe. Ich klemme mir meine große Tasche unter den Arm, die ich immer dabeihabe, um meine Funde darin zu verstauen, und verlasse das Haus wie eine ehrbare, ältliche Jungfer – was ich ja auch bin.

Oder etwa nicht?

An diesem Sonntag jedenfalls kam ich nicht weit. Ich wohne im Erdgeschoss, zu meiner Wohnung gehört ein winziger, staubiger Garten, um den ich mich aber nie kümmere, nicht einmal zum Schein.

Der Schuh fiel mir sofort auf. Er lag unter einem struppigen Strauch direkt an der Hausmauer.

Ein Schuh, dachte ich, wie interessant! Einen Schuh habe ich noch nie gefunden!

Neugierig trat ich näher. Der Schuh sah nicht schlecht aus, schwarz und spitz, wie die Herrenschuhe früher aussahen, und sauber geputzt. Erst als ich mich über meinen Fund beugte, sah ich, dass ein Fuß in dem Schuh steckte und überhaupt der ganze Besitzer dieses Schuhs und auch des Gegenstücks in meinem Garten lag.

Ein wenig ratlos ließ ich den Verschluss meiner Tasche zuschnappen. Was sollte ich jetzt tun? In die Tasche stecken, wie ich das bei einem einzelnen herrenlosen Schuh getan hätte, konnte ich ihn ganz offensichtlich nicht. Um ehrlich zu sein, fühlte ich eine unbestimmte Enttäuschung in mir aufsteigen. So ein wunderbarer Fund! Und so selten heutzutage, nach dem was man so hört. Ich bückte mich und sah ihn etwas genauer an. Es war ein jüngeres, gut erhaltenes Exemplar und nur leicht beschädigt. Meine Nase sagte mir, dass es sich höchstens um eine mittlere Alkoholvergiftung handeln konnte (ganz unerfahren bin ich nun doch nicht). Die Enttäuschung wandelte sich zu Trotz. Mutwillig griff ich nach den Knöcheln des Mannes und zerrte daran. Und siehe! Er bewegte sich!

Ächzend, keuchend und betend schleifte ich den Mann zur Haustür. Dort blieb ich einen Moment stehen, um zu verschnaufen. Mit dem Handrücken strich ich mir die Haare aus der Stirn. Zum Glück bin ich ziemlich kräftig, was seine guten Gründe hat, auf die ich aber nicht weiter eingehen möchte. Ich öffnete die Haustür und blockierte sie. Zur Sicherheit lauschte ich mit einem Ohr in den Flur hinein, aber wie erwartet schlief alles noch.

Der frühe Vogel findet das … findet den … wie ging das noch … jedenfalls schien mir das passend: der frühe Vogel. Ich unterdrückte ein Kichern, dann gab ich mir einen kleinen Ruck und fasste den Mann diesmal an seinen Handgelenken, um ihn rückwärts bis zu meiner Wohnung zu schleppen. Irgendwie fühlte ich mich nicht ganz sicher dabei: Es ist ungleich persönlicher, jemanden an den Händen zu fassen als an den Füßen, vor allem, wenn er Socken trägt.

Der Mann wurde mit jeder Sekunde schwerer, aber wie gesagt, ich bin ziemlich kräftig, und nicht nur das, sondern auch ziemlich stur. Und schließlich hatte ich es geschafft. Mit einem Fußtritt schlug ich die Wohnungstür zu, dann ließ ich mich erschöpft auf den Teppich sinken. Eine Weile lang hörte ich mir selbst beim Atmen zu, dann hörte ich plötzlich ein leises Stöhnen, das eindeutig nicht aus meinem Mund kam und fuhr auf. Mein Herz hämmerte wie irr gegen meine Lippen … äh, Rippen. Mein Gott! Heiliger Jesus! Heitschi Bumbeitschi! Da lag ich auf dem Teppich, mit einem wildfremden und offensichtlich betrunkenen Mann, der erst noch vor sich hin stöhnte! Wenn das …! Mit einer Hand presste ich meinen Busen, um das Herz, das dahinterlag, zu beruhigen.

Ruhig, ruhig, sagte ich mir, erstens sieht dich niemand, zweitens ist er bewusstlos, und drittens hast du ihn gefunden. Er gehört dir, ganz wie der andere Krimskrams im Sekretär. Den Rubin hast du schließlich auch behalten, und der war ungleich wertvoller. So.

Und wie um mir meine Gelassenheit zu beweisen, ging ich langsam in die Knie, um den Mann einer genaueren Untersuchung zu unterziehen. Er roch ziemlich unappetitlich, und unwillkürlich rümpfte ich die Nase. Seine Kleidung war relativ sauber, beziehungsweise, sie war es gewesen, bevor ich ihn durch den Garten geschleift hatte, und einfach. Sein Körper war gedrungen, er hatte halblanges, etwas zottiges, braunes Haar und einen dicken Schnurrbart – eben so ein etwas ordinärer Typ Mann, der mir im Allgemeinen nicht gerade angenehm ist. Aber bei einer Fundsache ist das etwas anderes. Das sucht man sich ja nicht aus … Oder?

Wer sucht, der findet.

Wer sucht, der findet.

Das sagt man doch so, oder? Aber auf mich trifft das nicht zu. Ich habe noch nie ernsthaft nach irgendetwas gesucht und schon so viele wunderbare Dinge gefunden! Und ausgerechnet einen Mann zu suchen, wäre mir schon gar nicht in den Sinn gekommen!

Beruhige dich! Mit gerunzelter Stirn setzte ich

meine Untersuchung fort, unbestimmt verärgert über mich selbst. Ich benahm mich ja wirklich wie die Karikatur einer alten Jungfer! Was ist schon ein Mann? Nichts!

Na also! Mit ruhiger Hand und ohne auch nur ein bisschen zu zittern, knöpfte ich sein Hemd auf. Sein Herz schien noch zu schlagen, jedenfalls hörte ich so etwas, als ich mein Ohr auf seine Brust legte. Seine Brust war, wie erwartet, sehr behaart. Wie erwartet? Nun, das ist wohl etwas übertrieben. »Behaarte Brust«, das ist so ein Ausdruck, den man häufig liest, aber unter dem man sich nichts rechtes vorstellen kann. Mir jedenfalls ging es so, und so war ich gegen meinen Willen fast ein wenig beeindruckt. Von den Haaren ging ein scharfer Geruch aus, aber ich war beruhigt, dass er noch lebte.

Ich klopfte ihm wohlwollend mit der flachen Hand auf den Bauch. Er bewegte sich leicht und gab auch einen Laut von sich, ohne aber das Bewusstsein wiederzuerlangen. Ich löste seinen Gürtel.

Das erwies sich als gar nicht so einfach. Mit Herrengürteln verhält es sich nämlich so, dass sie in die umgekehrte Richtung geschnallt werden als die Damengürtel. Ich mühte mich ungeschickt und zugegebenermaßen auch etwas nervös ab. Dabei fühlte ich, wie sich meine Frisur auflöste. Aber darum konnte ich mich jetzt nicht auch noch kümmern. Schließlich gab der Gürtel nach, und ich zog den Reißverschluss hinunter. Das hingegen war einfach.

Scharf zog ich die Luft ein und hielt den Atem an.

Mein Gott! So etwas hatte ich noch nie gesehen! Der Mann trug gelbe Unterhosen mit kleinen roten Flugzeugen darauf! Ich hatte überhaupt nicht gewusst, ja, ich hätte mir nicht einmal träumen lassen, dass es so etwas gibt!

Ich presste meine Lippen aufeinander und beugte mich etwas tiefer (meine Augen sind nicht die besten). Flugzeuge! Tatsächlich! Ich schüttelte ungläubig den Kopf. Zudem waren die Unterhosen irgendwie beschichtet, sodass sie wie Badehosen schimmerten, und ziemlich knapp bemessen. Prüfend schob ich den Zeigefinger unter den Bund und ließ das Gummiband ein paar Mal schnappen.

Wirklich!!

Unentschieden kaute ich auf meiner Lippe herum. Dann gab ich mir einen Ruck und riss gleichzeitig am Elastik. Im nächsten Moment lag ich flach auf dem Rücken, als ob mich jemand gestoßen hätte. Es hatte mich jemand gestoßen!

Verwirrt richtete ich mich auf und stützte mich auf meinen Ellbogen. Der Mann war offensichtlich zu sich gekommen (man könnte sagen, der Moment sei ungünstig gewesen!). Noch unsicher und schwankend stand er da und versuchte, wieder in seine Kleider zu kommen. Seine Haare standen jetzt vom Kopf ab, als ob er verzweifelt daran gezerrt hätte. Seine Augen waren starr und glasig. Etwas ungläubige Panik lag in ihnen. Mit fliegenden Händen knöpfte er sein Hemd zu, das übrigens auch gelb war, jetzt war mir natürlich klar, dass er das abgestimmt hatte. Bei dem Gedanken musste ich leise prusten. Der Blick, den er mir zuwarf, ließ mich sofort wieder verstummen.

Ich glaub es nicht, murmelte er, ich glaub es einfach nicht.

Dann war er weg.

Mit leisem Bedauern stand ich auf und schloss die Wohnungstür ab, die der Mann beim Gehen offen gelassen hatte. An diesem Tag ging ich nicht mehr aus.

Seither habe ich natürlich alle möglichen Funde gemacht, auch ein paar interessante Dinge waren darunter, ein Plastikskelett zum Beispiel, das man als Schlüsselanhänger gebrauchen kann, aber bei weitem nichts so Interessantes wie damals dieser Mann …

Mein erster Mord

Meinen ersten Mord beging ich mit dreizehn.

Es war so ein Tag, an dem mir der Himmel auf den Kopf fiel. Das passierte mir immer wieder, regelmäßig. Nicht gerade Mord, natürlich, aber Tage, an denen ich morgens als erstes aus dem Bett fiel und mir den Fuß verstauchte, meine Lieblingsbluse nicht fand, dafür einen neuen Pickel entdeckte, mit meiner Mutter stritt und mit dem Kamm in meinen Haaren hängen blieb. Ich schien das geradezu anzuziehen.

Dabei hatte ich an diesem speziellen Morgen nicht unbedingt vor, einen Mord zu begehen. Der Tag begann in der oben beschriebenen Weise, mit dem zusätzlichen Vergnügen, dass ich den Wecker nicht gehört hatte. Es war ein Mittwoch im Juni, das Wetter war wunderbar, ich würde zu spät zur Schule kommen. Das kümmerte mich nicht weiter. Ich hasste die Schule. Ich hasste die ganze Welt. Ich hasste mich selbst.

Es ist eigentlich erstaunlich, dass nicht mehr Morde von unglücklichen Dreizehnjährigen begangen werden. Vielleicht tun sie es ja heimlich, unentdeckt, so wie ich. Das beste Alter für einen perfekten Mord! Mir jedenfalls muss niemand mit goldener Jugend und for ever young kommen. Der bloße Gedanke, für immer dreizehn oder fünfzehn oder siebzehn zu bleiben, erfüllt mich mit nackter Panik. Nur das nicht! Bitte nicht!

Allerdings gibt es auch Dreizehn- und Vierzehnjährige, die geradezu unerträglich glücklich und zufrieden sind. Wie zum Beispiel meine Freundin Barbara. Sie wohnte ein Stück weiter unten in derselben Straße und wartete meistens an der Ecke auf mich. Wir radelten nebeneinander her, und sie erzählte mir von ihren Brüdern, Büstenhaltern, Küssen, Handballturnieren, hygienischen Binden und heimlichen Zigaretten. Lauter Dinge, die mir völlig fremd waren. Dafür gab es in meinem Leben vieles, wovon Barbara wiederum keine Ahnung hatte: abendliches Radiohören im Wohnzimmer, geschwollene Pickel, handgestrickte Wollhöschen, ein angeborener Sprachfehler, Hüften, die immer dicker wurden, meine Mutter. So ergänzten wir uns, Barbara und ich. Nicht, dass ich sie besonders gern gehabt hätte – wie könnte ich –, aber immerhin sprach sie mit mir. Sie war ein Jahr älter als ich, und manchmal redete ich mir ein, es sei alles nur eine Frage der Zeit. Nächstes Jahr, dachte ich, während ich mit gesenktem Kopf neben Barbara herradelte, schweigend, glühend vor Neid, nächstes Jahr bin ich der Star sämtlicher Sportvereine, und Alfred holt mich jeden Morgen ab. (Alfred war neu in der Gegend. Anfangs hatte er mich oft nach Hause begleitet. Wie ich bald gemerkt hatte, hoffte er nur, über mich einen Weg zu Barbaras Herzen zu finden.)

Aber Barbara hat mit der ganzen Geschichte wenig zu tun. Jedenfalls lebt sie noch. Ich habe sie kürzlich im Einkaufszentrum getroffen. Sie hat sich die Haare kupferblond gefärbt, sie sieht furchtbar aus. So viel zu Barbara.

An diesem Morgen radelte ich sowieso allein, den Blick auf meine dicken, rotweiß geringelten Waden gesenkt. Meine Mutter hatte die Strümpfe ausgesucht. Meine Mutter war schon ziemlich alt. Sie hatte einen Sohn gehabt, der mit zwölf an Lungenentzündung gestorben war. Das wäre also mein Bruder gewesen. Das erklärt auch, warum sich meine Mutter immer so viel Sorgen machte. Ich blickte auf meine Waden, die sich regelmäßig hoben und senkten, ich dachte an den Lehrer, der mich hasste, an die regelmäßigen Lacher, die mein Stottern auslöste, und daran, dass ich zu spät kommen würde und allein unter den Blicken und der drückenden Stille zu meinem Platz gehen müsste. Ich beschloss, nicht zur Schule zu fahren, sondern geradeaus weiter und in den Wald.

Sofort fühlte ich mich wunderbar. Ich würde in den Wald fahren, dort auf einen Baum klettern und meine Pausenbrote essen. Es war plötzlich ein schöner Tag. Ich glaube, ich sang sogar vor mich hin. Dann kam ich in den Wald. Ich sah sie schon von weitem. Die Waldarbeiter standen am Wegrand, auf ihre Schaufeln gelehnt, und sahen mir erwartungsvoll entgegen. Meine Hände krampften sich um die Lenkstange, ich presste die Lippen aufeinander und blickte starr vor mich hin. Es waren drei. Sie johlten und pfiffen, als ich vorbeifuhr, aber nicht einmal besonders laut. Mehr, als ob sie eine lästige Pflicht erfüllten. Mit hochrotem Gesicht fuhr ich weiter.

Ich fuhr noch ein Stück in den Wald hinein, dann hielt ich an, stieg vom Rad und lehnte mich schweratmend an einen Baum. In dem Moment beschloss ich, den Mord zu begehen, der ja nur deshalb ein Mord war, weil ich ihn vorsätzlich begangen hatte (ich habe mich informiert).

Ganz wie ich es geplant hatte, kletterte ich auf einen Baum und packte meine Pausenbrote aus. Ich war ganz ruhig und ungerührt. Von hier oben hatte ich eine gute Aussicht. Ich sah, wie die Arbeiter ohne große Begeisterung ein Stück Weg ausbesserten, ziemlich bald schon die Schaufeln hinwarfen, sich streckten und reckten und sich dann auf den moosigen Boden fallen ließen. Sie packten ihr Essen aus: ganze Würste und Brotlaibe, Literflaschen Rotwein. Einer zog sich den Hut über das Gesicht, die Flaschen waren leer, und bald schienen alle drei zu schlafen.

Ich kletterte von meinem Baum und ging zu ihnen hinüber. Ich gab mir keine besondere Mühe, leise zu sein. Ich beugte mich über den ersten, der seinen Hut ins Gesicht gezogen hatte. Ich hob einen großen Stein auf, schwang ihn mit beiden Händen über meinen Kopf und ließ ihn auf den Hut fallen. Es gab ein unangenehmes Geräusch, das aber durch den

Hut weitgehend gedämpft wurde. Als ich den Stein wieder aufhob, gab die Masse darunter nach wie Brei. Die anderen waren nicht aufgewacht. Ich traute mich nicht, den Hut hochzuheben. Ich hatte Angst vor dem, was ich sehen würde. Ich konnte den schweren Stein kaum mehr halten, meine Arme zitterten und schmerzten. Wahrscheinlich stieß ich einen Seufzer aus, als ich den Stein hochhob, denn der andere Mann, der neben dem ersten lag, schien sich im Schlaf zu bewegen, seine Augen flatterten unter den geschlossenen Lidern. Ich wurde von panischer Angst ergriffen und ließ den Stein fallen. Er landete einen Millimeter neben meinem rechten Fuß. Ich bekam einen Schluckauf. Ich wollte weg. Hick.

Der zweite Mann richtete sich auf, rieb sich die Augen und sah mich an. Ich erstarrte. Hick.

Doch dann begriff ich, dass er gar nichts begriff. Ich meine, er wachte auf, ein pummeliges junges Mädchen stand vor ihm, wie sollte er ahnen, dass es gerade seinen Kumpel erschlagen hatte? Er grinste. Ich grinste zurück. Hick. Er streckte eine Hand aus. Sie war schmutzig. Jetzt wusste ich nicht mehr weiter. Was wollte er von mir? Wollte er, dass ich ihm die Hand gab? Ich wich einen Schritt zurück.

He, wach auf, sagte er und rüttelte seinen Kumpel an der Schulter, schau dir das an!

Das hätte er nicht tun sollen. Der andere sank in sich zusammen, rutschte zur Seite, der Hut glitt auf den Waldboden und ließ ein Gesicht sehen, das keines mehr war. Beim besten Willen nicht. Der Mann stieß einen rauen Laut aus und fasste sich an die Kehle. Ich schlug sittsam und ein bisschen angewidert die Augen nieder. Jetzt wachte der dritte auf. Auch das noch.

Was ist denn hier los, fragte er verschlafen und vielleicht auch etwas betrunken.

Ich seufzte. Das fragte ich mich auch. So hatte ich mir das nicht vorgestellt.

Du Hurenbock! schrie der zweite Waldarbeiter und stürzte sich auf den dritten, was hast du getan!

Das Wort Hurenbock hatte ich noch nie gehört. Nur gelesen. Es hatte für mich einen irgendwie altmodischen Klang. Mein Schluckauf war plötzlich weg. Ich wollte nach Hause. Ich trat von einem Fuß auf den anderen.

Die Männer waren jetzt dazu übergegangen, sich ernsthaft zu verprügeln. Ich sah schon das erste Messer blitzen. Es konnte nicht mehr lange dauern. Ich beugte und streckte meinen rechten Arm ein paar Mal.

Und richtig, bald schon lagen sie keuchend und blutend am Boden, ich hob meinen Stein und schlug zu, schlug zu, schlug zu. Ich hörte erst auf, als mir der Arm abfiel, oder jedenfalls beinahe. Es dauerte eine Weile, bis ich mich wieder so weit im Griff hatte, dass ich mich auf mein Fahrrad schwingen und nach Hause fahren konnte.

Der brutale Mord an den drei Waldarbeitern versetzte die ganze Gegend in Aufruhr. Natürlich wurde der Fall nie aufgeklärt. Man sprach immer von einem »Rachemord«.

Und das war es ja auch.

Angst vor dem Abwaschen

Er wusste nicht, was er ihr antat, als er sie zum Essen einlud. Heute Abend?, fragte sie verzweifelt. Ihre Hand klammerte sich an den Telefonhörer.

Ja, passt dir das nicht?

Doch, doch … wohin wollen wir gehen?

Was hältst du vom Tire-Bouchon?

Sie schloss die Augen. Ein Restaurant mit einem französischen Namen, das sie nicht einmal kannte. Schlimmer konnte es gar nicht sein. Sie holte tief Luft.

Wunderbar, sagte sie.

Soll ich dich abholen?

Ein völlig unerwarteter Hoffnungsblitz. O ja, bitte, schrie sie, aber irgendwie schien er sie nicht zu hören.

Oder weißt du was, wir treffen uns gleich dort, fuhr er ungerührt fort, um acht, in Ordnung?

Sie warf einen Blick auf ihre Uhr. Halb sechs. Also gut. In zwei Stunden konnte sich ihre Angst vielleicht gar nicht richtig entwickeln.

Um acht, sehr gut.

Ich freue mich, sagte er.

Was sollte sie sagen?

Ich freue mich auch, sagte sie und legte den Hörer auf die Gabel.

Noch zwei Stunden. Sie schnappte mit den Zähnen nach einer Haarsträhne und kaute auf den Spitzen herum. Sie konzentrierte sich auf ganz einfache Fragen: Was ziehe ich an, habe ich noch Zeit, die Haare zu waschen, drücken die neuen Schuhe noch, ist die schwarze Bluse noch in der Wäsche? Sie ließ sich ein Bad einlaufen. Heißes Wasser beruhigt. Außerdem dauert es länger als duschen. Sie schmierte sich eine Maske ins Gesicht und eine andere in die Haare. Sie legte sich bis zum Hals ins heiße Wasser. Parfümierte Dämpfe stiegen ihr in die Augen, die zu tränen begannen. Sie versuchte sich zu entspannen.

Eine Verabredung in einem Restaurant ängstigte sie mehr als ein Termin beim Frauenarzt oder eine Fahrt in der Geisterbahn. Diesmal war es besonders schlimm. Sie kannte das Lokal nicht. Sie kannte nicht einmal ihn, Andy hieß er, sie hatten sich zwei Mal gesehen. Würde sie ihn überhaupt wiedererkennen? Oder würde sie verwirrt an seinem Tisch vorbeigehen und den Rest des Abends hilflos und halb blind durch das sicher riesige Restaurant irren? Vielleicht sollte sie ihre Brille aufsetzen. Vielleicht sollte sie versuchen, vor ihm dort zu sein. Dann könnte sie ruhig an einem Tisch sitzen und in die Speisekarte vertieft warten, bis er vor ihr stand. Sich über sie beugte und auf die Wange küsste. Oder auch nicht. Allerdings wäre sie so dem Kellner ausgeliefert, der in jedem besseren Restaurant hinter der Türe lauert.

Haben Sie reserviert?

Was sollte sie darauf antworten? Ja, nein, ich weiß es nicht?

Auf welchen Namen bitte?

Seinen? Ihren? Gar keinen? Und selbst wenn sie sich unauffällig an einen freien Tisch setzen konnte – was, wenn er doch schon früher gekommen wäre? Was, wenn er schon auf sie wartete, vielleicht etwas versteckt in einer Nische oder ganz hinten im Lokal? Und was, wenn das Restaurant aus mehreren Räumen oder gar Etagen bestehen würde???

Sie nahm einen Waschlappen und rieb sich energisch das Gesicht ab. Das Badewasser verfärbte sich grünlich. Die Maske hinterließ Streifen auf dem Waschlappen. Sie spülte ihre Haare aus und wusch sie noch einmal. Langsam. Sorgfältig. Das Badewasser hatte nun eine schmutzige Farbe. Sie stand auf, duschte sich noch einmal ab, wickelte sich in ein Tuch und stieg aus der Wanne. Nur nichts überstürzen. Sie schlang ein zweites Tuch um die Haare und ging, nasse Spuren durch die Wohnung ziehend, in die Küche. Ein Blick auf die Uhr. Viertel nach sechs.

Um vor ihm dort zu sein, musste sie um halb acht gehen. Zu viel Zeit. Jetzt begann auch noch ihr Magen zu knurren. Mit einem leichten Anflug von Trotz nahm sie sich ein Stück Käse aus dem Kühlschrank und schenkte sich ein Glas Wein ein.

Plötzlich verging die Zeit schnell. Plötzlich war es zwanzig nach sieben und sie noch nicht angezogen und ihr Haar noch nicht ganz trocken. Sie ließ die Tücher fallen, riss die Schranktüren auf und warf

Kleider durcheinander. Um zehn vor acht bestellte sie ein Taxi. Um zehn nach acht betrat sie das Tire-Bouchon.

Haben Sie reserviert?

Sie holte tief Luft. Ich ... ich bin verabredet, stotterte sie.

Helen! Entschuldige! rief eine warme Stimme in ihrem Rücken. Sie drehte sich um.

Andy stand hinter ihr.

Ich habe mich verspätet, tut mir Leid.

Ohne eine Antwort abzuwarten, nahm er sie an der Hand und führte sie wie durch einen Spiegel an einen freien Tisch. Sie setzten sich. Sie falteten die Servietten auseinander. Sie sahen sich in die Augen. Dann kam der Kellner mit der Karte.

Wünschen Sie einen Aperitif?

Bis jetzt war alles gut gegangen. Sie bestellte ein Glas Champagner. Er schien einen ganz kleinen Moment zu zögern.

Für mich auch, sagte er dann.

Hatte sie einen Fehler gemacht? Mochte er keinen Champagner? Mochte er keine Frauen, die Champagner tranken? Doch er lächelte. Erleichtert senkte sie den Blick auf die Karte. Sie tat so, als ob sie sie mit Interesse lesen würde. Im Geheimen hämmerte ihr Herz. Speisekarten versetzten sie in Panik. Und diese war umfangreich. Sie musste sich entscheiden. Schnell. Jeden Moment konnte der Kellner wieder vor ihnen stehen. Was nimmst du? fragte sie beiläufig.

Ach, ich weiß noch nicht … und du?

Sie antwortete nicht. Der Kellner brachte den Champagner.

Haben Sie etwas gefunden?

Nein, noch nicht.

Dafür war sie ihm dankbar.

Magst du Fisch, fragte er.

Ja, antwortete sie, ich glaube schon.

Er lachte.

Also bestellten sie Fisch. Beide. Das Schwierigste war geschafft. Sie lehnte sich zurück, nippte an ihrem Champagner und ließ ihren Blick durch das Lokal schweifen. Es war nicht so groß, wie sie befürchtet hatte, hell und schon ziemlich voll. An der Bar standen Trauben von Menschen, die … Wir hatten Glück, dass gerade noch ein Tisch frei war, sagte er in diesem Moment.

… Menschen, die auf einen freien Tisch warteten. Ihre Handflächen wurden feucht. Sie zündete sich eine Zigarette an. Sieh doch einfach nicht hin, beschwor sie sich selber, sieh einfach nicht hin.

Er machte es ihr leichter, indem er zu reden begann. Er erzählte ihr ein, zwei, drei Geschichten aus seinem Leben. Er brachte sie zum Lachen. Er schenkte ihr Wein nach. Er berührte leicht ihre Hand. Als das Essen kam, fühlte sie sich schon beinahe sicher.

Bis die Stimmen lauter wurden, die bisher kaum ihr Ohr erreicht hatten. Andy verzog das Gesicht.

Was ist los, fragte er angeekelt, ein Ehekrach?

Sie blickte über seine Schulter. Tatsächlich, ein junges Paar, das an der Bar vor einer Reihe leerer Gläser stand.

Hättest du nicht wenigstens reservieren können?, keifte sie.

Und er: Da hinten wird gleich was frei.

Sie: Das sagst du seit einer Viertelstunde.

Helen zwang sich zu einem Lächeln.

Scheint so, sagte sie matt.

Er schnitt eine komische Grimasse. Sie behielt das Lächeln bei. Er nahm ihre Hand und strich mit dem Daumen über ihren Handrücken.

Hast du keinen Hunger?

Sie blickte auf ihren halb leeren Teller. Sie würde keinen Bissen mehr hinunterbringen. Nicht, wenn sie wusste, dass da jemand dringend auf ihren Tisch wartete.

Es geht, sagte sie.

Keinen Nachtisch? Kein Eis?

Nein, danke.

Er zuckte mit den Schultern. Schade, sagte er.

Sie zwang sich, ihm in die Augen zu sehen. Doch immer wieder rutschte ihr Blick an ihm vorbei zu dem streitenden Paar.

He, du, sagte er plötzlich, was ist denn los?

Sie riss sich zusammen.

Nichts, nichts.

Und als sie den Blick hob, war das Paar verschwunden. Sie lächelte.

Ich glaube, ich nehme doch einen Nachtisch.

Schön. Ich auch.

Sie tauschten ein breites Lächeln der Einigkeit.

Der Abend war beinahe vorüber. Bis jetzt war es glimpflich abgelaufen. Keine Katastrophen. Sie hatte es beinahe geschafft.

Doch noch bevor der Kaffee kam, spürte sie plötzlich das dringende Bedürfnis, eine Toilette aufzusuchen. Sie schloss einen Moment lang die Augen. Lieber Gott, betete sie, lieber Gott! Doch es ließ sich nicht aufschieben. Verzweifelt suchte sie mit den Augen das Lokal ab. Der hintere Teil des Raumes lag im Halbdunkel. Nirgends eine Türe oder eine Treppe. Sie wartete, so lange sie konnte, in der Hoffnung, dass jemand vor ihr aufstehen und ihr wenigstens die Richtung angeben würde.

Hörst du mir überhaupt zu?

Seine Stimme klang ein bisschen irritiert.

Oder täuschte sie sich?

Ich bin gleich wieder da, sagte sie entschlossen. Ruckartig stand sie auf. Dabei blieb sie mit dem Rocksaum am Stuhl hängen. Errötend riss sie sich los. Der Stuhl fiel wie durch ein Wunder nicht um. Gottseidank. Er lächelte jetzt nicht mehr. Sie ging mit gesenktem Kopf an ihm vorbei. Drückte sich an der Bar entlang. Irgendwo musste doch eine Türe sein. Sie begann zu schwitzen. Da lief ein Kellner. Sie räusperte sich.

Entschuldigung!

Er hatte sie nicht gehört. Verlegen lächelnd blieb sie stehen. Die Leute an der Bar unterbrachen ihre

Gespräche, um sie verwundert zu mustern. So kam es ihr jedenfalls vor.

Entschuldigung!

Jetzt blieb der Kellner stehen.

Die Toilette, bitte.

Ihre Stimme war ein Flüstern. Der Kellner wies mit dem Daumen hinter die Theke.

Sie müssen den Schlüssel verlangen.

Sie nickte. Sie wartete noch einen Moment an der Bar, aber niemand schien sich um sie zu kümmern. Sie sah den Schlüssel an einem Haken hängen. Ein paar Mal zuckte ihre Hand, aber sie traute sich nicht, einfach danach zu greifen. Was, wenn es der falsche Schlüssel wäre? In dem Moment entdeckte sie die Türe. Sie stieß sie langsam auf und trat in einen düsteren, von Gerüchen und fernen Stimmen erfüllten Gang. Vorsichtig ging sie Schritt für Schritt weiter. Ihre Verzweiflung wuchs. Irgendwo mussten doch diese zwei Türen mit den neckischen Schildern sein, auf denen sie Mann und Frau immer so schwer unterscheiden konnte.

Suchen Sie etwas?

Sie drehte sich um. Ein dicker Mann in einer weißen Schürze.

Die Toilette, bitte, flüsterte sie.

Der Mann musterte sie einen Augenblick, dann lachte er und packte sie an der Schulter.

Sie stehen direkt davor, sagte er.

Tatsächlich, vor ihrer Nase befand sich eine Türe. Sie hätte vor Erleichterung beinahe aufgeschluchzt.

Doch der Mann ließ ihre Schulter nicht los. Er stieß die Türe mit dem Fuß auf. Hartes Licht und ohrenbetäubender Krach ließen sie zurückfahren.

Das Fräulein hilft uns beim Abwaschen!, brüllte der Mann und schubste sie mitten in den Raum. Einen Augenblick lang war es still. Dann dröhnte Gelächter. Sie stand in der Spülküche. Die Maschinen summten, dampfende Gläser standen zum Trocknen herum und schmutziges Geschirr stapelte sich überall. Zehn oder zwölf Männer in weißen Schürzen sahen sie herausfordernd an.

Das ist alles gar nicht wahr, tröstete sie sich.

Zwei Stunden später fand sie mit roten Händen, beschmutztem Kleid und feuchten, in der Stirn klebenden Haaren ins Lokal zurück. Andy war natürlich längst gegangen. Sie hatte auch gar nicht erwartet, ihn zu sehen. Sie stellte sich an die Bar und verlangte mit harter Stimme einen Cognac und den Toilettenschlüssel.

Mein zweiter Mord

Meinen zweiten Mord beging ich rein zufällig. Es ist vielleicht nicht einmal angebracht, von Mord zu sprechen. Obwohl mein erster Mord sozusagen mein Leben verändert, mich von meinen Ängsten und Nöten befreit und zu einem glücklicheren, fast könnte man sagen, besseren Menschen gemacht hatte, sah ich keine Notwendigkeit, noch mehr Morde zu begehen. Ich dachte noch nicht einmal daran. Umso mehr, da seit meinem ersten Mord kaum ein Monat vergangen war.

Nicht, dass Sie jetzt einen falschen Eindruck von mir bekommen. Ich habe keineswegs den Rest meines Lebens mordend verbracht. Es war, wie ich schon sagte, ein Zufall. Umso tragischer, als es sich dabei um meinen Vater handelte, was ich aber zu dem Zeitpunkt nicht wissen konnte. Das Leben ist manchmal wirklich nicht gerecht. Jetzt hatte ich also, so lange ich denken konnte, keinen Vater gehabt, und kaum hatte ich einen, brachte ich ihn um. Ich war wirklich wütend, als mir das klar wurde. Aber wie hätte ich ahnen können, dass dieser schiefe kleine Mann im blauen Regenmantel mein Vater war! Eines Nachmittags, ich war allein zu Hause, klingelte er an der Tür. Natürlich hatte ich mir manchmal ausgedacht, wie es wäre, wenn ... Meine

Mutter hatte immer von einem wahren Helden gesprochen, einem wunderschönen, starken, jungen Mann, der aber leider … (hier folgte wahlweise: schon verheiratet war/kein Geld hatte/nicht mehr lange zu leben/seine alte Mutter nicht enttäuschen durfte/in geheimer Mission irgendwo unterwegs war). Je nach Stimmung meiner Mutter war er Schauspieler, Politiker, Geheimagent oder tot. Mir gefiel immer die Schauspielerversion am besten, ich konnte stundenlang vor dem Fernseher sitzen und mir einen Vater aussuchen. Es dürfte also niemanden erstaunen, dass ich in Bezug auf meinen Vater leicht verwirrt war. Meine Mutter übrigens auch, sie war ja schon ziemlich alt, als ich auf die Welt kam. Sie hatte ihren ersten Sohn verloren und ihren ersten Mann dazu, der sich von ihr scheiden ließ, um sich einer jüngeren Dame zuzuwenden. Von ihm sprach meine Mutter allerdings selten und wenn, dann in gleichgültigem Ton. Der wahre Held war mein Vater. Eines Tages würde er kommen und uns …

Eines Tages stand er also wirklich vor der Tür.

Guten Tag, sagte er, bin ich hier richtig bei Stubenrauch?

Ja, sagte ich, trat zur Seite und ließ ihn herein.

Er huschte an mir vorbei und ins Wohnzimmer, wo er sich mit einem erleichterten Seufzer auf das Sofa sinken ließ. Ich folgte ihm ein wenig misstrauisch.

Was …?

Er beachtete mich nicht weiter.

Bring mir einen Tee, bitte, sagte er, nicht unfreundlich, aber so gar keine Spur fragend oder bittend. So, als ob ich mein Leben lang nichts anderes getan hätte, als ihm Tee zu bringen.

Ich brachte ihm Tee.

Meine Mutter ist aber nicht da, sagte ich, als ich die überschwappende Tasse auf den Tisch stellte.

Er sah mich an.

Deine Mutter?

Er fragte noch einmal: Deine Mutter?

Ungläubig und irgendwie unangenehm berührt wirkte er. Er drehte die Augen nach oben und seufzte. Jetzt weiß ich natürlich, dass ihm in diesem Moment klar geworden sein muss, dass ich seine Tochter bin. Und umso mehr ärgert mich seine Reaktion. Damals sah ich aber nur diesen komischen kleinen Mann, der ganz selbstverständlich auf unserem Sofa saß, Tee schlürfte und mich missbilligend musterte. Ich war beunruhigt.

Was wollen Sie überhaupt? fragte ich etwas schroff.

Oh, ich … Er sah mich stirnrunzelnd an, als ob er abschätzen wollte, wie viel er mir zumuten könne. Dann lächelte er schief.

Nun, ich wohne hier, sagte er.

Ich starrte.

Aber …

Du wirst dich daran gewöhnen. Ist das die Zeitung von heute?

Er griff nach der Zeitung, die auf dem Tisch lag, es

war die von gestern. Er schien es nicht einmal zu bemerken. Er las die Zeitung und schlürfte seinen Tee. Er schmatzte mit den Lippen und bleckte die Zähne. Er trug wohl ein Gebiss. Ich stand mit verschränkten Armen an die Wand gelehnt und sah ihm dabei zu. Widerlich, dachte ich. Meine Mutter ist aber nicht da, wiederholte ich nach einer Weile.

Das macht nichts, sagte er. Sie wird schon wieder zurückkommen.

Ja, aber …

Er ließ die Zeitung sinken und seufzte ungeduldig.

Bitte, stör mich doch nicht dauernd. Ich lese die Zeitung, siehst du das nicht?

Ich zuckte mit den Schultern, drehte mich schweigend um und ging betont langsam in die Küche. Er merkte es nicht einmal, die Nase längst wieder in die Zeitung gesenkt.

Schmollend ging ich in der schmalen Küche auf und ab. Dieser Mann machte sich über mich lustig, so viel war klar. Das konnte ich überhaupt nicht ertragen in dieser Zeit. Unentwegt hatte ich das Gefühl, man mache sich über mich lustig, man nehme mich nicht ernst. Wahrscheinlich lag das am Alter. Ich stellte den Wassertopf wieder auf den Herd, um mir noch einen Tee zu machen. Ich nahm mein Tabakpaket aus dem Versteck in der alten Kuchenform und setzte mich an den Tisch, um mir eine Zigarette zu drehen. Ich hatte gerade angefangen zu rauchen, und aus finanziellen wie ideologischen Gründen drehte ich meine Zigaretten selber. Auch, weil ich eine gewisse Schwäche für den lockigen Holländer auf dem Werbeplakat hatte, richtig, den mit der runden Brille.

Ich sah auf die Uhr. Meine Mutter würde bald von der Arbeit kommen. Ich stellte mir vor, wie sie den Mann als Versicherungsvertreter oder Elektriker oder vielleicht sogar ehemaligen Nachbarn erkennen würde und wie sie dann zusammen über mich lachen würden. Bei dem Gedanken wurde mir übel. Ich begann zu schwitzen. Meine Haare klebten auf der Stirn. Ich atmete laut. Ich war wirklich völlig durcheinander.

Schließlich rollte ich den Tee ins Zigarettenpapier und goss den Tabak mit kochendem Wasser auf.

Krieg ich noch einen Tee, rief der Mann aus dem Wohnzimmer.

Sofort.

Ich stellte die Kanne vernehmlich vor ihm auf den Tisch. Er warf mir einen kurzen Blick zu und schenkte sich dann selber ein. Er trank einen Schluck und verzog das Gesicht.

Brr … Er schüttelte sich. Das schmeckt ja furchtbar. Probier mal.

Er hielt mir die Tasse hin. Ich wich zurück und presste die Lippen zusammen. Er zuckte mit den Schultern, warf noch drei Würfel Zucker in seine Tasse, rührte um und trank sie aus. Ich ging in die Küche zurück. Erst als ich meine Zigarette anzünden wollte, wurde mir klar, was ich getan hatte. Ich öffnete die Küchentüre einen Spalt weit und wartete gespannt, was nun wohl geschehen würde.

Als meine Mutter nach Hause kam, ließ ich mir nichts anmerken.

Der Mann war schon verschwunden.

Im Keller.

Erst als am nächsten Tag eine kleine Notiz in der Zeitung vermeldete, der Bankräuber Erwin S. sei nach vierzehn Jahren und drei Monaten vorzeitig aus der Haft entlassen worden, und meine Mutter den Kopf auf den Frühstücksteller legte und weinte und fragte, warum er denn nicht zu uns gekommen sei, erst dann begriff ich.

Aber da war es natürlich zu spät.

Sonnenbrand

Du??

Seine Begeisterung hielt sich in Grenzen. Er öffnete nicht einmal die Türe ganz. Ich lächelte tapfer darüber hinweg.

Kommst du mit ins Strandbad?

Ins Strandbad? Muss das sein?

Mhm.

Er wand sich, er suchte nach Ausreden, er kratzte sich am Ohr, aber vergebens. Ich senkte den Kopf und sah ihn unter meinen Haarsträhnen hervor bittend an.

Es sind doch nur ein paar Stunden, sagte ich leise.

Darauf wusste er nichts mehr zu erwidern. Nicht nach allem, was er mir angetan hatte. Er öffnete die Türe ganz, bat mich mit einer Handbewegung herein und verschwand in der Wohnung. Ich schloss die Türe hinter mir, aus dem Hintergrund drangen Radioklänge und leise Stimmen. Ich stand da und nagte an meinen Haarspitzen, während er geschäftig hin und her lief, sein Badetuch zusammenrollte, seine schwarze Brille polierte und die Zeitung sorgfältig neu faltete. Dabei belästigte ich ihn in keiner Weise. Langsam entspannte er sich ein bisschen. Nur ein bisschen. Ich ließ ihn eine Weile herumtrödeln, dann hob ich meine Tasche auf und lächelte sanft.

Gehen wir, sagte ich.

Wir fuhren mit dem Tram durch die halbe Stadt, und er schwieg. Er schwieg die ganze Zeit. Ich beobachtete ihn aus den Augenwinkeln. Schweiß tropfte von seiner Stirn und verklebte seine Haare, diese wohlfrisierten, rötlich blonden Locken, auf die er so stolz war. An den Schläfen zeigten sich winzige rote Tupfer. Erste Anzeichen einer Sonnenallergie. Er schob die Unterlippe vor und pustete sich eine Locke aus der Stirn. Er litt. Ich sah es ihm an. Ich musste mich abwenden, damit er meinen Blick nicht sehen konnte. Der alles verraten hätte.

Es war gegen zwei Uhr nachmittags, als wir ins Strandbad kamen. Die Sonne brannte heiß, die Tücher lagen dicht nebeneinander, Schatten gab es nicht. Ich suchte einen Platz an der Mauer, die die Hitze noch zusätzlich reflektierte. Umständlich breitete ich meine Badematte aus, legte ein Frotteetuch darüber und strich es sorgfältig glatt. Ich zog mich langsam, aber sachlich aus, legte mich auf den Rücken und sah ihn gar nicht an. Er stöhnte gequält auf und warf Hilfe suchende Blicke um sich. Aber es blieb ihm nichts anderes übrig, als sein Tuch neben meines ins schmutzige Gras zu legen. Er zog sich aus. Seine Badehose stammte noch aus Schultagen und war mit Schwimmabzeichen übersät. Seine Haut war ganz weiß. Er konnte keine Sonne vertragen. Normalerweise mied er sie, so gut er konnte. Ein Nachmittag im Strandbad war eine angemessene Strafe für ihn. Vorsichtig ließ er sich neben mir nieder, einen sicheren Abstand zwischen uns einhaltend. Zehn Zentimeter Gras sprossen zwischen unseren Tüchern.

Hier, sagte ich und reichte ihm eine Tube Sonnencreme mit Lichtschutzfaktor 16, hier, reib dich ein.

Oh, danke.

Er sah mich neugierig und prüfend an.

Das ist nett von dir, vielen Dank, sagte er noch einmal.

Sorgfältig begann er seinen weißen Körper einzureiben. Er ließ sich Zeit. Ich drehte mich auf den Bauch und versteckte ein Lächeln hinter meinem Ellbogen. Die Sonnencreme hatte ich selber hergestellt und in eine leere Tube abgefüllt. Aber das sagte ich ihm nicht. Natürlich nicht.

Ich schloss die Augen. Die Sonne brannte immer heißer. Kinder kreischten, Bienen summten, die Dusche spritzte. Ameisen krabbelten über meine Haut, nackte Füße stießen mich an, Federbälle und Frisbees flogen tief. Erdbeereis tropfte auf meine Schenkel. Im Gras lagen Zigarettenstummel und alte graue Kaugummis. Von weitem plärrten verschiedene Radios durcheinander. Ich hörte ihn atmen. Unregelmäßig. Unglücklich.

Wunderbar.

Als ich die Augen öffnete, lag sein Gesicht dicht neben meinem.

Er blinzelte.

Wir müssen ernsthaft miteinander reden, flüsterte er.

Ich reagierte nicht.

Du bist ein nettes Mädchen, fuhr er ungerührt fort, aber wenn du mich weiter so belästigst, können wir nicht einmal Freunde sein. Und das wäre doch schade, oder etwa nicht?

Was für ein Idiot! Wirklich! Was für ein Idiot!

Du hast ja recht, sagte ich folgsam.

Es tut mir Leid. Es wird auch nicht mehr vorkommen.

Das mindestens war die Wahrheit. Ich hatte genug von ihm. Belästigt? Natürlich hatte ich ihn belästigt. Und? Der Junge hatte einfach keine Nerven.

Wirklich. Es wird nicht mehr vorkommen.

Die Erleichterung in seinem Blick war sogar durch die schwarze Brille zu sehen. Ich drehte mich auf die andere Seite und biss in meinen Unterarm.

Ich geh mal unter die Dusche, sagte er, kommst du mit?

Als ich nicht reagierte, klatschte er mir seine heiße, nasse Hand auf den Rücken. Er konnte nicht schwimmen. Aber duschen konnte er. Ich beobachtete ihn unter meinem Arm hindurch. Er war jetzt richtig fröhlich. Er tänzelte unter dem kalten Wasser, spritzte und prustete und schüttelte seine nassen Haare. Lachte sogar. Schulterrollend kam er zurück und warf sich laut atmend auf sein Tuch, als hätte er eben zwei Mal den See überquert. Ich richtete mich auf und musterte ihn sorgfältig. Seine Haut war jetzt mit roten Flecken übersät. Er stützte sich auf die Ellbogen, legte den Kopf in den Nacken und schloss die Augen. Seine Haare hingen tief in seinen Rücken und tropften. Das Wasser verdunstete auf seiner Haut.

Vergiss nicht, dich frisch einzureiben, sagte ich sanft.

Du bekommst sonst einen Sonnenbrand.

Hmmm.

Er griff nach der Tube und schraubte den Deckel ab. Er schnupperte. Ich hielt den Atem an.

Riecht gut, sagte er endlich.

Ich lächelte. Kein Wunder. Mein teuerstes Lieblingsparfüm hatte ich geopfert, um den Geruch des WC-Reinigers zu überdecken, den ich mit Vaseline vermischt hatte. Das Ganze hatte eine ungewohnte, schmierige Konsistenz, aber das schien ihm nicht aufzufallen. Als Belohnung für meine Einsicht und Zurückhaltung durfte ich ihm eigenhändig den Rücken einreiben.

Fertig, sagte ich und rutschte auf den Knien näher.

Ich legte den Kopf schief und lächelte ihn offen an. Wie er so dasaß, zurückgelehnt, mit den Haaren im Rücken, der schwarzen Brille auf der Stirn und dem entspannten Mund, war er schön.

Nicht mehr lange, dachte ich, nicht mehr lange.

Mein dritter Mord

Meinen dritten Mord hingegen beging ich mit vollster Absicht. Ich plante ihn sorgfältig und gewissenhaft, Wochen im Voraus. In gewisser Hinsicht war es mein erster Mord, mein erster richtiger. Und auch einer der schönsten.

Ich bin heute noch stolz darauf.

Der junge Mann hieß Nuntius, und so sah er auch aus. Ich habe ein Bild von ihm behalten, ein schmaler, blasser Junge mit streng zurückgestriegeltem Haar und randloser Brille. Er steht auf einer Brücke und blickt in die Ferne. Ein weicher, weißer Schal verdeckt seinen vorstehenden Adamsapfel. Wenn ich mir das Bild heute so ansehe, kann ich nicht mehr recht glauben, dass ich wegen diesem Blässling nächtelang wachgelegen bin, heulend und denkend.

Blässling! Gemein, ich nehme es zurück. Seine zarte, weiße Haut war das Anziehendste an ihm. Andere junge Männer in seinem Alter hatten Pickel und schmuddligen Bartflaum. Nuntius nicht. Er war durchscheinend. Er gab sich vergeistigt.

Es war in der Bibliothek. Jeden Dienstag und Freitagabend ging ich hin und tauschte meine Bücher um. Ich war unterdessen siebzehn und las neuseeländische Romane, in denen sich ein Mädchen aus der Stadt in einen Farmer oder einen Tierarzt verliebt und dann das harte Landleben nicht ertragen kann und zurückkehrt in die Stadt und dort den Farmer oder den Tierarzt vermisst und bereut und ein besserer Mensch wird, und am Ende siegt immer die Liebe. Ich war von zu Hause weggezogen und arbeitete als Stütze der Hausfrau in dieser Kleinstadt.

Die Hausfrau war eine ziemlich bekannte Schauspielerin mit vier Kindern von vier verschiedenen Männern. Laetitia Burger! Ich mochte sie sehr und war stolz, für sie zu arbeiten. Es gab nicht sehr viel zu tun, die Kinder waren alle mindestens so alt wie ich und selten zu Hause, und so beschränkte ich mich darauf, für Laetitias feste Nahrung zu sorgen. Ich selber aß damals nichts und war sehr dünn und auch noch stolz darauf. Nur manchmal wurde mir schwindlig, und ich fragte mich, ob ich wohl das Leben auf einer Farm in Neuseeland aushalten würde.

Mary Scott!, sagte Nuntius. Er arbeitete an manchen Abenden in der Bibliothek – dienstags und freitags. Seine Stimme kippte vor Verachtung. Ich sah ihn an.

Mary Scott!, wiederholte er. Ich hoffe, Sie haben bald alle Bände durch!

Ich wurde rot und senkte den Kopf und stammelte:

Aber … wie … warum?

Da wurde er freundlicher und erklärte mir, dass mein Geist verkümmern würde durch solche Lektüre, dass er aber bereit wäre, mir geeignetere Bücher zu empfehlen, vielleicht sei es noch nicht zu spät.

In höchstem Maße verwirrt und geehrt, trug ich den Taugenichts nach Hause und später andere Bücher, die wie geschaffen sind für eine romantische, magersüchtige Siebzehnjährige: Narziss und Goldmund, Tod in Venedig, Steppenwolf, Draußen vor der Tür, das ganze Programm. Nuntius war ein Jahr jünger als ich. Ich betrat eine andere Welt und war begeistert. Sofort vergaß ich die Tierärzte im fernen Neuseeland. Ich hatte mein Herz an Nuntius verloren.

Ich las und las und las und wünschte mir nichts sehnlicher, als Bildung anzuhäufen und zu versuchen, seiner würdig zu sein. So war das. Mit offen stehendem Mund lauschte ich seinen Worten, die, wie ich heute zugeben muss, der gröbste und schmierigste Unsinn waren. Aber für mich waren sie nicht mehr und nicht weniger als mein privates Evangelium.

Eines Tages befand er mich für würdig, von ihm nach Hause begleitet zu werden. Stumm glitt ich neben ihm her und hoffte, das Haus von Laetitia Burger wäre von einem Erdbeben niedergemacht worden und wir müssten ewig so nebeneinander weitergehen. Das war es aber nicht, und Laetitia blickte aus dem Fenster und sah uns kommen und bat mich und meinen jungen Freund auf einen frühen Drink in den kleinen Salon.

Zwei Wochen später öffnete ich die falsche Tür im falschen Moment und sah Nuntius auf den Knien liegen und Laetitia seine Liebe gestehen, schluchzend. Sie lächelte sanft und schüttelte den Kopf, während er sich an ihre Pantöffelchen klammerte und weinte. Leise schloss ich die Tür. Ich wollte ihn leiden sehen.

Die qualvollsten Todesarten dachte ich mir aus: lebendig begraben, von den Ameisen aufgefressen, vom Feuer eingeholt werden. Ich dachte an langsam, aber sicher wirkende Gifte, Folterqualen, tödliche Schrecken. Ich konstruierte im Geist komplizierte Galgen, die den Moment des Gehängtwerdens köstlich hinauszögerten. Ich wollte ihm giftige Spinnen ins Hemd werfen, Schlangen unter die Matratze legen, die Fingernägel einzeln ausreißen.

Ich tat nichts von alldem. Ich schenkte ihm ein Buch.

Nuntius hatte die etwas abstoßende Gewohnheit, seinen linken Daumen abzulutschen, bevor er die Seite umblätterte. Besonders, während er laut vorlas. Ich hatte ihn das hunderttausend Mal tun sehen. Ich schenkte ihm eine Sammlung Liebesgedichte aus vier Jahrhunderten, ich wusste, dass er der Versuchung nicht widerstehen könnte, sie Laetitia vorzulesen. Es genügte, die rechten unteren Seitenränder mit Insektenvertilgungsmittel zu imprägnieren. Es klappte wunderbar. Ich stand hinter der einen winzigen Spalt breit geöffneten Tür und beobachtete, wie er mitten in einer leidenschaftlichen surrealistischen Lautzeile immer blasser und blasser wurde, schließlich zusammensank, nach vorne kippte und zu würgen begann.

Laetitia zog irritiert die Brauen zusammen. Bis dahin hatte sie es ganz amüsant gefunden, einen in Leidenschaft entflammten Sechzehnjährigen um sich herumstreichen zu sehen, der ihr errötend Rosen zu Füßen legte oder eben stotternd Gedichte vortrug. Aber kotzen sollte er bitte zu Hause, nicht auf ihrem Teppich. Kalten Herzens komplimentierte sie ihn hinaus, ohne ihm auch nur andeutungsweise Hilfe anzubieten, und so starb er auf der Straße. Ich war froh darüber.

Meine Verehrung für Laetitia blieb ungebrochen. Ich arbeitete noch zwei Jahre für sie. Das Buch mit den Liebesgedichten warf ich in einem unbeobachteten Moment weg. Obwohl Laetitia nie im Leben mit feuchtem Daumen umblättern würde. Aber man kann nie wissen.

Plötzlich war meine Hand auf seinem Knie

Ich fuhr seit Stunden über Land, verärgert.

Blühende Bäume zogen an mir vorbei, Wiesen, Äcker, nette, bucklige Dörfer und sonst nichts. Seit Stunden. Nichts. Niemand.

Zurück auf die Autobahn, dachte ich.

Langsam hatte ich die Autobahn satt. Immer dasselbe: Ausfahrten, Einfahrten abfahren. Natürlich war der Tag schlecht gewählt, die Stunde, die Jahreszeit, es war ein Montagnachmittag Mitte Mai. Samstage sind gut, Sommersamstage, Ferienbeginn. Aber der Mensch lebt schließlich das ganze Jahr. Jahrelang.

Ich drehte das Radio lauter und beschloss, nach Hause zu fahren, so lange ich noch konnte. Oft war ich ganze Tage und Nächte lang herumgefahren. Ich hatte die Kondition nicht mehr. Ich brauchte meine Ruhe und meinen Schlaf, mehr als alles andere. Ich würde also nach Hause fahren.

Da sah ich ihn. Oder sie. Eine schmale Gestalt am Straßenrand. Ich verlangsamte, fuhr mir mit der linken Hand über die Haare und über die Lippen, strich die Augenbrauen glatt. Ich näherte mich der Gestalt. Mein Herz begann zu klopfen. Ich erkannte

Jeans, Hemd, Haare, gebeugte Haltung. Ich erkannte den gehobenen Daumen. Ich fuhr noch langsamer. Das Problem mit den Autostoppern ist immer, dass man Männer und Frauen so schlecht unterscheiden kann. Oft sieht man es erst, wenn man schon angehalten hat. Mit Frauen kann ich nichts anfangen. Dann fahre ich einfach weiter. Ich habe keine Zeit mehr zu verlieren. Manchmal merkt man es sogar erst, wenn sie schon neben einem sitzen. Dann schmeiß ich sie eben wieder raus. Ich nehme keine Rücksicht mehr. Wieso auch.

Jetzt war ich auf seiner Höhe angelangt und sah, es war ein Junge. Ein schmalbrüstiger, schmuddliger, trotziger Junge. Ich hielt an und beugte mich über den Beifahrersitz. Er klappte seinen langen Körper zusammen und sah mich durchs offene Fenster an. Er blickte fragend, sagte kein Wort.

Ich sah seine sanften braunen Augen, seinen flaumigen Bartansatz, seine Pickel neben dem Kinn. Er sagte immer noch nichts. Ich räusperte mich.

Wo wollen Sie hin?

Ich sieze diese Jungs immer.

Egal, sagte er und stieg ein.

Gewissenhaft schnallte er sich an, und ich fuhr los. Eine kurze Zeit fuhr ich einfach schweigend, das Radio lief noch, und ich warf ab und zu einen seitlichen Blick auf ihn. Er saß verkrampft und leicht nach vorne gebeugt, den Blick starr auf die Straße gerichtet, als erwartete er, etwas ganz Bestimmtes zu sehen. Ich unterdrückte ein Lächeln und entschied mich. Ich würde nicht nach Hause fahren. Ich nannte ihm die nächste größere Stadt, ungefähr zwei Stunden Fahrt.

Ist Ihnen das recht?

Mir? Ja, ja. Mir ist alles recht.

Trotzig schob er die Unterlippe vor. Mein Herz zog sich zusammen, meine Hände wurden feucht. Ich hielt das Steuerrad umklammert, bis meine Fingerknöchel weiß hervortraten. Ruhig. Entspann dich.

Ich entspannte mich.

Haben Sie eine Zigarette?

Das fragen sie immer. Ich deutete auf das Handschuhfach, in dem ich verschiedene Sorten Starke-Männer-Zigaretten aufbewahre. Ich rauche nicht. Er nahm eine, zündete sie ungeschickt an und blies dann den Rauch gegen die Scheibe. Er kniff die Augen zusammen und blickte immer noch geradeaus. Er schien angestrengt nachzudenken, manchmal bewegte er die Lippen. Er rauchte seine Zigarette und warf den Stummel aus dem offenen Fenster.

Ohne ihn anzusehen, begann ich zu plaudern. Ich erzählte ihm, was ich in der Stadt vorhatte, geschäftliche Besprechung, schade um den schönen Tag, nicht wahr, ich erzählte ihm, ich sei Illustratorin, ich müsse meine Zeichnungen auf die Redaktion bringen, Besprechungen, Sitzungen, sowas beeindruckt sie, in Wirklichkeit bin ich Lehrerin, aber das kann ich ihnen natürlich nicht sagen. Ich erzählte ihm Anekdoten, ich erfand auch ein bisschen Leben: abgelegenes Haus, nur ich und meine Katzen und meine Zeichnungen, nicht ganz unwahr, bis auf die Zeichnungen. Ich erzählte ihm haarsträubende Geschichten von der künstlerischen und allgemeinen Freiheit, sagte in jedem Satz drei Mal Gesellschaft und spürte, wie er auftaute. Ich sah ihn immer noch nicht an. Schon fragte er, ob er meine Zeichnungen sehen dürfte.

Nein, sagte ich hart. Und etwas weicher: Vielleicht später.

Ich verstehe.

Er verstand gar nichts, aber er fühlte sich wichtig. Er sah schon besser aus. Er vertraute mir. In spätestens fünf Minuten würde er mir erzählen, warum er abgehauen war: Liebeskummer, Krach mit den Eltern, in der Schule, bei der Arbeit, manchmal auch alles miteinander. In seinem Fall war es Liebeskummer.

Sie haben es gut, sagte er.

Achja?

Ich wartete.

Ja. Ich nicht.

Im letzten Moment konnte ich dem Zaun ausweichen. Dann hatte ich mich wieder im Griff, und es gelang mir, ungerührt und beinahe spöttisch zu wirken. Und geradeaus zu fahren.

Was soll denn das heißen, fragte ich.

Meine Freundin hat mich verlassen.

Jetzt sah er mich an. Ich musste antworten.

Oje.

Das genügte ihm als Zeichen meiner Anteilnahme, und er erzählte mir die ganze Geschichte. Wie er sie kennen gelernt hatte, wie schön sie war und wie wunderbar sie sich verstanden. Am Anfang. Und dann immer weniger. Er spielte nämlich in einer Band und verbrachte den größten Teil seiner freien Zeit in einem Übungskeller. Wie sie motzte und zeterte. Und wie er sie dann eines schönen Abends hinten auf dem Motorrad seines besten Freundes vorbeidonnern sah, angeklammert und ohne Helm und ihre langen Haare im Wind. Und der besagte Freund war niemand anderer als der Schlagzeuger seiner Band, und jetzt fehlte er jeden zweiten Abend beim Üben, und er konnte sich vorstellen warum, und es war nicht zum Aushalten.

Ich schluckte leer. Meine Hände zuckten unkontrolliert, ich knirschte mit den Zähnen und versuchte, sie ruhig zu halten, die Hände.

Was haben Sie jetzt vor?, fragte ich ganz sachlich.

Er senkte den Kopf.

Ich weiß es nicht.

Der Nachmittag ging zu Ende, und wir näherten uns der Stadt.

Wo wollen Sie hin?

Ich weiß es nicht.

Na gut.

Ich räusperte mich.

Dann kommen Sie mit mir. Ich habe ein Hotelzimmer reserviert. Morgen können Sie dann weitersehen.

Er strahlte mich an.

Wirklich? Das würden Sie tun?

Ich lächelte. Plötzlich war meine Hand auf seinem Knie. Er erstarrte, ich nahm sie sofort wieder weg. Eine nette, freundliche, kleine Geste. Redete ich mir ein. Er wandte den Kopf und sah mich schüchtern an. Ich lächelte den ganzen Rest der Fahrt.

Ich fuhr zum besten Hotel der Stadt.

Warten Sie einen Moment, sagte ich und stieg aus und ging ins Hotel und betete, dass ein Zimmer frei wäre. Es war.

Ich lächelte noch, als ich zum Wagen zurückging. Er war verschwunden.

Mit meiner Handtasche, meinen Ausweisen, Kreditkarten, meinem Geld. Und meinem Wagen. Ich schlug mir die Hände vors Gesicht und stöhnte. Dann setzte ich mich auf die Gehsteigkante, streckte die Beine aus und stellte mir vor, wie er über die Landstraße zurückfuhr in sein Dorf. Er fuhr so schnell er konnte. Zwischendurch hielt er einmal an, um Blumen zu kaufen, die er auf die Rückbank legte. Auf der Dorfstraße ließ er die Reifen quietschen und den Auspuff knattern. Was war schon ein Motorrad. Ein Kinderspielzeug. Vor dem Übungslokal bremste er so scharf, dass man es im ganzen Dorf hören musste. Den Motor ließ er laufen. Herrisch drückte er ein paar Mal auf die Hupe. Den Arm ließ er aus dem offenen Fenster baumeln. Zwischen den Lippen hielt er eine meiner Zigaretten, unangezündet. Endlich lief sie auf die Straße, blieb wie angewurzelt stehen und starrte ihn an, ihn in diesem roten Sportwagen. Na, du, sagte er lässig. Und alles war wieder gut.

Ich schloss die Augen und legte den Kopf in den Nacken. Die Sonne schien immer noch warm.

Mein vierter Mord

Mein vierter Mord war nicht nur völlig überflüssig, sondern auch stümperhaft ausgeführt, und ich ärgere mich bis heute darüber. Dabei war ich damals gerade in meiner vernünftigen Phase. Ich war 22 Jahre alt und wollte mein Leben in den Griff bekommen. Zu dem Zweck hatte ich mir meine erste Brille gekauft und trug sie sogar. Eine völlig neue Welt eröffnete sich mir. So lange ich denken konnte, war ich halb blind durch die Gegend gestolpert, hatte Bekannte nicht gegrüßt, dafür Fremde umarmt, Straßenschilder nicht entziffern können und Schlagzeilen schon gar nicht. Jetzt schien ich im wahrsten Sinne des Wortes Scharfblick und Weitsicht gewonnen zu haben. Genützt hat es mir allerdings nichts.

Sofort schrieb ich mich an der Volkshochschule ein. Ich arbeitete als Verkäuferin in einem Schreibwarengeschäft und besuchte jeden Abend Kurse: Französisch, Buchhaltung, Kunstgeschichte und Yoga. Was ich mit dieser absonderlichen Mischung von Wissen anfangen wollte, weiß ich heute nicht mehr. Jedenfalls fühlte ich mich dem Rest der Menschheit überlegen, wenn ich nach Ladenschluss meine kleine Mappe unter den Arm klemmte und zur Volkshochschule ging, mit sauber gebürstetem Haar und ungeschminkt. Ich war überhaupt sehr ordentlich in dieser Zeit, und ich hatte der Liebe abgeschworen. Dafür schien es damals gute Gründe zu geben, auf die ich aber nicht näher eingehen möchte, jedenfalls war das bestimmt der Grund für meine ständige Gereiztheit und somit für diesen sinnlosen und ärgerlichen Mord.

Es war ein Mittwochabend: Französisch. Unsere Lehrerin, Madame Sauterne, war eine kleine, sehr lebendige, energische und hübsche Person mit dunklen, kurz geschnittenen Locken und hohen Absätzen. Sehr französisch, wie Hansjörg bemerkte, und der musste es schließlich wissen, denn er war schon in Frankreich gewesen, sogar in Paris. Hansjörg saß immer neben mir und flüsterte pausenlos auf mich ein. Gern hätte er mir noch mehr erzählt, nach dem Kurs, bei einem Glas Wein zum Beispiel, aber ich sagte Nein. Ich wollte mich auf nichts mehr einlassen. Dabei war Hansjörg ein sehr netter Mann, und die sind so selten, wie ich in der Folge feststellen musste. Jedenfalls bin ich keinem mehr begegnet. Aber ich wollte vernünftig bleiben. Obwohl es natürlich sehr viel vernünftiger gewesen wäre, mit Hansjörg ein Glas Wein zu trinken, besser noch, ihn zu heiraten, als selbstgerecht und reizbar durchs Leben zu gehen und sinnlose Morde zu begehen. Vous seriez aimable, Mademoiselle, de nous prêter votre attention précieuse!

Ich zuckte zusammen. Madames ironischer Blick traf mich durch meine geschliffenen Brillengläser. Ich murmelte eine Entschuldigung und hasste sie.

Da half auch Hansjörgs freundschaftlicher Rippenstoß nichts. Ich fühlte mich gedemütigt. Madame Sauterne hatte mich seit der ersten Stunde zur Weißglut getrieben. Unermüdlich hatte ich sie beobachtet, jedes Lächeln, jedes Zähneblitzen, jedes Augenzwinkern, jedes ungeduldige mit den Händen durch die Luft fuchteln war mir vertraut. Madame Sauterne platzte vor Charme aus allen Nähten, das konnte ich nicht ertragen. Übrigens mochte sie mich ebenso wenig wie ich sie. Trotzdem besuchte ich auch den Fortsetzungskurs bei ihr, denn wie gesagt, ich war vernünftig, und ich wollte Französisch lernen.

Würden Sie uns bitte den letzten Satz wiederholen?

Ich nahm meine Brille ab, legte sie vor mir auf das Pult und verschränkte die Arme. Demonstrativ.

Nein, sagte ich.

Nein?

Madame Sauterne hob fragend die Augenbrauen. Leiser Spott schwang in ihrer Stimme mit. Ich hörte, wie Hansjörg verzweifelt versuchte, mir den Satz zuzuflüstern. Sie hörte es auch.

Oh, was für ein galanter junger Mann, flötete sie, wirklich, aber Sie wollen doch bestimmt auch, dass Ihre junge Freundin endlich anständig Französisch lernt?

Hansjörg grinste verlegen, und ich errötete. Madame bedachte mich mit einem schiefen Lächeln und einem langen Blick, der alles beinhaltete: meine

Dummheit, meine Ungeschicklichkeit und meine vergleichsweise Hässlichkeit. Ich hätte sie umbringen können.

Würden Sie bitte nach der Stunde zu mir kommen?

Oui, Madame.

Sie war selber schuld.

Ich gab mich wieder ruhig und unauffällig und wartete auf das Ende der Stunde. Obwohl ich sie hasste, faszinierte sie mich auch. Nur zu gern hätte ich sie gebeten, mir ihr Leben zu erzählen, das ich mir hektisch, wohlriechend und aufregend vorstellte. Doch das hätte ich nie zugegeben. Nach der Stunde wartete ich, bis alle gegangen waren, ignorierte Hansjörgs aufmunterndes Zwinkern und ging demütig zu ihr hin.

Es tut mir Leid, dass ich nicht aufgepasst habe. Ich weiß nicht, was mit mir los ist.

Sie warf mir einen scharfen Blick zu und sammelte ihre Papiere ein.

Ich schon, sagte sie. Kommen Sie, gehen wir ein Stück.

Ich nickte.

Auf der Straße legte sie den Kopf in den Nacken, atmete tief ein und stieß ein Ah! aus. Ich beobachtete sie.

Sie beobachten mich, sagte sie. Von der ersten Stunde an. Ich habe das sehr wohl bemerkt. Sie sind eifersüchtig. Das ist nicht gesund.

Eifersüchtig? Ich? Aber …

Sie ging mit schnellen Schritten vor mir her, die kurzen Locken schüttelnd, mit den Absätzen klappernd. Ich bemühte mich, sie einzuholen, mein Schal schleifte über den Boden, meine Nase tropfte, und eine Haarsträhne fiel mir in die Augen. Trotzdem wiederholte ich halsstarrig:

Warum sollte ich eifersüchtig sein?

Sie blieb stehen und sah mich voll an. Dann zuckte sie mit den Schultern.

Warum?, fragte ich noch einmal.

Sie zögerte.

Vielleicht irre ich mich ja auch. Außerdem geht mich Ihr Privatleben nichts an. Passen Sie nächstes Mal besser auf.

Aber …

Ich wollte es einfach wissen, ich wollte, dass sie es mir ins Gesicht sagte: Schauen Sie sich doch an, Sie sind unglücklich, verkrampft, hässlich und auch noch selbstgefällig. Doch sie blickte schräg an mir vorbei und lachte. Ich muss, rief sie, klopfte mir beinahe freundlich auf die Schulter und eilte davon. Ich drehte mich um, sah, wie sie einem sehr gut aussehenden, sehr jungen Mann zuwinkte, der auf der anderen Straßenseite stand, und das gab den Ausschlag. Ich streckte eine Hand aus und stieß sie mit aller Kraft, die ich aufbringen konnte, vom Gehsteig. Gerade, als der 93er Bus vorbeifuhr.

Ich ging zu Fuß nach Hause und fühlte mich keine Spur besser. Allerdings gab ich es auf, vernünftig sein zu wollen. Das heißt, ich habe weder Französisch gelernt, noch einen wirklich netten Mann geheiratet, nicht einmal meine Brille trug ich weiter.

Wirklich, das hat sich nicht gelohnt.

Die Welt von unten

Dies ist die Geschichte einer unglücklichen Liebe. Was denn sonst. Die Geschichte meiner allerersten Liebe. Ich war drei Jahre alt. Man ist nie zu jung, um sein Herz zu verlieren.

Es war der Gärtner. Von nebenan natürlich, denn wir selbst hatten ja keinen. Oder keinen mehr. Ich sehe mich noch am Gartenzaun stehen und sehnsüchtig durch die Latten linsen. Wie er hieß ... das weiß ich nicht mehr. Er war groß und blond und alles was dazugehört. Blaue Augen. Jung, glaube ich, obwohl er mir natürlich alt vorkam. Ich nehme an, er war so um die zwanzig, damals. Und ich war drei. Ich hatte natürlich alles gegen mich. Ich konnte noch nicht einmal richtig sprechen.

Und ich war klein. Ich war so klein, dass er mich manchmal gar nicht bemerkte. Ich zupfte schüchtern an seinem Hosenbein. Dann lächelte er. Er fuhr mir mit der Hand übers Haar. Er reichte mir ein Bonbon zwischen den Zaunlatten hindurch. Ich hatte ein Eichhörnchen, eins aus Plüsch, das nahm ich immer mit in den Garten. Ich hielt es so unter den Arm geklemmt, wie die Frauen ihre Handtaschen, die Frauen, die bei uns auf den Sofas herumsaßen und mich an sich zu drücken versuchten. In meiner Erinnerung sehe ich immer sechs oder sieben

Frauen in unserer Halle herumstehen, sitzen, gehen, schwatzen oder stricken oder die Beine übereinander schlagen. Tanten. Alle gleich. In Wahrheit kamen sie natürlich eine nach der anderen. Eine reiste ab, eine andere kam an. In meiner Erinnerung sehen alle gleich aus. Älter oder jünger, vielleicht, das machte für mich keinen Unterschied. Ich ließ mich ungern küssen. Ich ging in den Garten.

Ich spielte. Ich weiß noch, welches Kleid ich trug, als ich den Gärtner zum ersten Mal sah: das hellbraune, samtene, mit dem runden Kragen. Ich drückte die Nase an den Zaun und schaute. Ich konnte noch nicht einmal richtig sprechen. Vielleicht sagte ich so etwas wie Hallo. Guten Tag. Ich glaube es aber nicht. Ich war sehr schüchtern, und abgesehen von den diversen Tanten sah ich kaum jemanden. Er kniff mich in die Wange. Erschrocken lief ich weg. Er tat es nie wieder.

Wenn es regnete, durfte ich nicht in den Garten. Er schon. Ich sah ihn vom Fenster aus mit seinem gelben Regenhut. Ich sah ihn von oben, nur den Hut. Normalerweise sah ich ihn von unten, die Gummistiefel und die blaue Arbeitshose. Wenn es regnete, langweilte ich mich.

Auch sonst. Ich lebte allein mit meinem Vater und wechselnden Tanten in diesem riesigen Haus mit seinen unzähligen düsteren Zimmern und Hallen. Soweit ich mich erinnere, kümmerte sich niemand übertrieben um mich. Da war jemand, der kochte. Mein Vater schloss sich oft in seinem Zimmer ein, vielleicht arbeitete er. In meinem Zimmer waren lauter altmodische Spielsachen, die früher ihm gehört hatten und mit denen ich kaum spielte. Nur das Eichhörnchen, das gefiel mir.

Ich war weitgehend mir selbst überlassen. Ich strich durchs Haus. Ich rollte die Ecken der Teppiche zurück und sah zu, wie mein Vater darüber stolperte. Ich räumte auf. Ich trug Dinge von einem Zimmer ins andere. Dann wurde er wütend.

Einmal nahm ich seine Pfeifensammlung mit ins Bad und wusch sie sorgfältig aus. Da wurde er sehr wütend.

Nicht dass ich ihn nicht gern gehabt hätte. Oder er mich. Ich war nur zu klein, und er war oft abwesend, sorgenvoll und mit sich selbst beschäftigt. Später wurde dann alles anders. Indirekt hatte das auch mit mir und meiner unglücklichen Liebe für den Gärtner zu tun.

Der Gärtner. Er füllte mein ganzes kleines Leben. Ich machte ihm Geschenke. Alles, was ich fand und mir gefiel, das gab ich ihm. Auch meine Spielsachen. Bis auf das Eichhörnchen natürlich. Manchmal reichte ich mein Geschenk stumm durch den Zaun. Dann lachte er und bedankte sich feierlich. Einmal küsste er mir die Hand. Manchmal legte ich die Sachen auch einfach irgendwo hin, wo er sie finden musste.

Denn ich sah natürlich, dass er traurig war. Warum sonst hätte er so viel Zeit mit mir verbracht. Er erzählte mir oft von Frauen, die schlecht waren und

Unheil brachten und die man meiden sollte wie die Pest. Ich dachte an meine Tanten und nickte aus tiefstem Herzen. Dann sah er mich plötzlich ganz erstaunt an, als hätte er gar nicht gemerkt, mit wem er rede. Er versuchte, zu lachen oder so mit der Hand abzuwinken, als ob nichts wäre. Aber ich sah genau, dass er traurig war. Deshalb machte ich ihm all die Geschenke. Es waren wohl auch wertvolle Sachen darunter. Mein Vater sammelte ungeschliffene Edelsteine. Aber das konnte ich ja nicht wissen. Sie sahen nach nichts aus.

Dann kam der Tag, an dem ich durch den Zaun kroch. Der Tag, an dem der Gärtner nicht gekommen war. Ich war traurig. Ich hielt mein Eichhörnchen fest und flüsterte ihm Mut zu, ganz geheuer war mir selber nicht, aber ich musste ihn einfach suchen. So ist das, wenn man verliebt ist. Der Garten nebenan war im Gegensatz zu unserem sehr gepflegt und übersichtlich. Überhaupt keine Gefahr, sich zu verirren. Ich schlurfte die Kieswege entlang und versuchte, Steinchen mit meiner Sandale aufzufangen und dann alle auf einmal wegzuschleudern. Ich blickte auf meine Füße und auf den Kies. Ich stieß beinahe mit ihm zusammen.

Hoppla, sagte er und hob mich auf und drückte mich an sich, ich versteckte mein Gesicht in seinem Hemd und hielt mein Eichhörnchen fest. Er küsste mich ins Haar. Dann stellte er mich wieder auf die Füße. Dann sagte er vermutlich irgendetwas. Was tust du denn hier, was soll denn das, wissen deine Eltern … Ich erinnere mich an sein Gesicht, die Haut, die Augen. Und der Geruch. Wie mein Vater manchmal, ich wusste sofort, dass etwas nicht stimmte. Vor meinem Vater hatte ich immer Angst an den Tagen, an denen er so roch. So aussah, mit dieser violetten Haut, dem stachligen Bart, den geschwollenen Augen. Das waren die Tage, an denen er brummte und brüllte und an denen die Tanten in Erscheinung traten.

Fassungslos sah ich ihn an. Dann ließ ich das Eichhörnchen fallen und rannte weg. Vor dem Gartenzaun drehte ich mich um. Er hob das Eichhörnchen hoch wie zum Gruß. Ich ging ins Haus. Am selben Nachmittag fand ich diesen schweren Umschlag. Er lag in der Halle am Boden, und ich hob ihn auf. Er war nicht versiegelt, nicht einmal richtig zugeklebt. Er war voller frischer, knisternder Banknoten.

Natürlich wusste ich damals nicht, was Geld war oder was es bedeutete. Besonders für uns. Ich fand einfach, das sei ein wunderbares Geschenk für meinen Gärtner. Ich wollte es ihm geben, aber dann traute ich mich nicht. Ich warf den Umschlag über den Zaun, verkroch mich im Gebüsch und wartete. Es war schon beinahe dunkel, als ich ihn endlich sah. Er schlenderte an den Beeten entlang, riss ab und zu von einer Pflanze ein Blatt ab und murmelte halblaut vor sich hin. In seiner Jackentasche steckte mein Eichhörnchen. Ich sah die großen Plüschohren. Mein Herz klopfte. Plötzlich blieb er wie angewurzelt stehen. Er öffnete den Mund. Er bückte sich, hob den Umschlag auf. Er fasste mit zwei Fingern hinein. Dann presste er ihn an seine Brust und schloss die Augen. Ich hörte, wie man nach mir rief und rannte ins Haus zurück. So habe ich meinen Vater ruiniert. Er hätte es wahrscheinlich auch ohne meine Hilfe geschafft. Aber nicht so schnell.

Eine Zeit lang ging alles drunter und drüber. Geschrei und Geheul. Eine Tante jagte die andere. Mein Vater ließ sich einen Bart wachsen. Ich hatte mehr denn je mitleidigen Blicken und tätschelnden Händen auszuweichen. Aber dann wurde alles anders. Wir heirateten, das heißt, mein Vater heiratete, eine der Tanten natürlich, aber eine der netteren. Wir zogen in eine große, helle, moderne Wohnung in der Stadt. Mein Vater musste arbeiten und ich zur Schule gehen. Was wir auch taten, beinahe fröhlich. Wir waren bürgerlich geworden. Das sagte er manchmal zu mir, wenn wir zusammen über die Straße gingen, Hand in Hand, er frisch rasiert und ich gekämmt, dann lachte er und sagte: »Jetzt sind wir also bürgerlich geworden, was!« Ich glaube, das gefiel ihm irgendwie.

Ich lachte auch. Mein Herz hüpfte einmal hoch, und ich dachte an meine erste große Liebe, den Gärtner. Ich habe ihn nie wieder gesehen.

Mein fünfter Mord

Mit 25 war ich verheiratet. Ich hatte ein Haus, einen Garten, einen Mann natürlich und sieben Kilo zugenommen. Ich langweilte mich zu Tode. Das heißt, tot war am Ende jemand anderer.

Der Wecker klingelte um halb sieben. Roger, so hieß mein Mann, warf sich fünf Minuten lang von einer Seite auf die andere, zog geräuschvoll die Nase hoch und kletterte dann aus dem Bett. Ich tat dasselbe. Roger schlurfte ins Badezimmer, er trug ein weißes Unterhemd und rieb sich mit dem Handrücken über die Augen. Ich lehnte mich gegen den Türrahmen und sah ihm nach, ohne ihn richtig zu sehen.

Ich wickelte mich in meinen gelb-orange gemusterten Morgenrock, in dem ich noch dicker und noch blasser aussah, aber das war mir egal. Ich ging in die Küche und setzte das Kaffeewasser auf. Ich deckte den Tisch. Ich öffnete den Kühlschrank, an dem ein Foto von Liz Taylor klebte, wie es dicken Frauen auf der ganzen Welt angeraten wird, umsonst übrigens, ich öffnete den Kühlschrank, nahm Milch, Butter, Käse und Konfitüre heraus und stellte alles auf den Tisch. Dann eine Tafel Schokolade, von der ich einen Riegel abbrach. Ich bewahrte die Schokolade im Kühlschrank auf, weil ich sie kalt und hart mochte, nicht weich, so viel zu Liz Taylor.

Ich kaute. Ich blickte aus dem Fenster. Der Garten lag ungepflegt und trostlos vor mir. Das Wasser kochte. Der Wasserkessel pfiff seine unerträgliche Melodie. Ich goss den Kaffee auf. Roger kam in die Küche, er trug Jeans und ein rotkariertes Hemd und roch nach billigem Rasierwasser. Er trat zu mir, griff aufs Geratewohl in meinen Morgenrock und versuchte mich zu küssen. Ich schluckte die Schokolade hinunter und wandte den Kopf ab. Roger sagte morgens kein Wort. Ich auch nicht.

Ich deckte den Tisch, ich klapperte mit dem Geschirr. Roger setzte sich und goss sich eine Tasse Kaffee ein. Ich strich mir ein Brot, konzentriert, den Blick auf den Teller gesenkt, ich hörte, wie er drei Mal kurz in seine Tasse blies und sie dann austrank, er trank den Kaffee schwarz. Er schenkte sich eine zweite Tasse ein und eine dritte. Roger aß morgens nichts. Ich schon.

Nach der dritten Tasse Kaffee war Roger wach genug, um seine Füße nach mir auszustrecken und mir über den Tisch hinweg verliebte Blicke zuzuwerfen. Wir waren erst seit fünf Monaten verheiratet, und ich langweilte mich zu Tode.

Ich war natürlich selber schuld. Roger hatte mich die ganze Zeit gelangweilt. Anfangs hatten mich seine überschwängliche Verliebtheit und sein ständiges Begehren fasziniert, doch nach einer Woche oder zwei war das vorbei, und er machte mir einen Heiratsantrag. Einen richtigen. Ich saß auf meinem Schreibtisch und ließ die Beine baumeln, er kauerte vor mir auf den Boden, schlang die Arme um meine Knie und presste das Gesicht gegen meine Schienbeine und murmelte etwas, und ich sagte »Was?«, und er hob den Kopf und sah mich an und fragte »Willst du mich heiraten?«, wie in einem Film. Ich zog die Schultern hoch, blickte zur Decke, lächelte, Filmszenen fielen mir ein, wie gesagt, und warum nicht, ich sagte Ja, und wir heirateten.

Nach einer Woche Venedig zogen wir in dieses Haus, es war billig, vergammelt, sehr einsam gelegen, zwischen zwei Dörfern, mitten in der Landschaft. Roger war begeistert, aber er war auch den ganzen Tag nicht da.

Ich lebte allein in diesem Haus, ich lebte eigentlich gar nicht richtig hier. Roger arbeitete als Verkäufer in einem Geschenkladen in der Stadt, er sah Menschen, er unterhielt sich, er ging mittagessen. Abends kam er nach Hause und erzählte Geschichten von seinem Tag unter Menschen in der Stadt und genoss die Ruhe, die Einsamkeit, das Essen und mich. Jeden Abend brachte er mir ein Geschenk mit, nach und nach lagerte er sein ganzes Sortiment in unser Haus um. Ich blieb den ganzen Tag im Haus, in meinem gelb-orange gemusterten Morgenrock, den ich erst gegen Abend auszog. Ich redete mit dem Milchmann, dem Briefträger und dem Zeitungsjungen. Wenn überhaupt. Gegen Abend nahm ich ein Bad und zog mich an und kochte das Essen und wartete auf Roger.

Ich war selber schuld. Niemand hatte mich gezwungen, Roger zu heiraten. Aber ich hatte es getan, und dafür musste ich bestraft werden. Roger war ein sehr charmanter Mann, aber ich langweilte mich mit ihm, was konnte ich dafür, deswegen hätte ich ihn noch lange nicht heiraten müssen, aber ich hatte es getan.

Ich hob den Kopf und sah ihn an. Er saß zurückgelehnt auf seinem Stuhl und rauchte. Er kniff leicht die Augen zusammen, fast blinzelte er mir zu. Er hatte ein hübsches Gesicht, dunkle Augen und dichtes schwarzes Haar, das struppig von seinem Kopf abstand und dicht gekräuselt aus seinem rotkarierten Hemd quoll. Er war ein liebenswerter Mensch, aber ich liebte ihn nicht. Das alles war nicht richtig. Es war nicht richtig. Nicht richtig. Falsch.

Ja, sagte Roger, was denn, sag schon.

Was soll ich sagen?

Du wolltest doch eben etwas sagen.

Nein, nichts.

Ich sagte nichts.

Roger drückte die Zigarette in seinem unbenutzten Teller aus und stand auf.

Na dann, ich muss wohl, sagte er mit diesem schiefen Lächeln. Er kam um den Tisch zu mir und küsste meinen Nacken.

Hmm, sagte er.

Ich zog die Schultern hoch.

Dann ging er, und ich war allein. Sieben Uhr dreißig, der ganze Tag lag vor mir. Ich räumte den Tisch ab, stapelte das Geschirr im Spülstein, stellte Butter,

Milch, Käse, Konfitüre in den Kühlschrank und nahm dafür die angebrochene Tafel Schokolade heraus. Zartbitter. Ich schob mir noch ein Stück in den Mund und steckte den Rest in die Tasche meines Morgenrocks. Ich schlug die Kühlschranktür zu und warf einen gleichgültigen Blick auf Liz Taylor, die zwar ziemlich dick war, aber immer noch ihre Juwelen hatte und ihre violetten Augen. Ich ging barfuß durchs Haus, mit nackten Füßen auf kaltem Boden, und aß Schokolade.

Überall standen Rogers Geschenke herum: Pfeffer- und Salzstreuer in Form von Kühen, bunte Bonbons aus Glas, kleine Windräder, zu Sträußen zusammengebunden, Schneekugeln mit goldenen Engelchen drin, Plastikblumen, die im Dunkeln leuchteten, aufblasbare Champagnerflaschen, einen Meter hoch, ein rosa Plastikherz, Keramikschwimmreifen als Aschenbecher, ein kleiner Kaugummiautomat. Wir hatten wenig Möbel und immer noch keine Vorhänge.

Es klingelte zwei Mal. Ich öffnete die Tür. Der Zeitungsjunge stand vor mir und grinste frech.

Darf ich wohl Ihr Telefon benutzen?

Er wartete die Antwort gar nicht ab, sondern ging gleich an mir vorbei ins Haus. Die Zeitung lag wie immer auf der Schwelle. Ich bückte mich und hob sie auf. Der Junge ging in die Küche, ich folgte ihm, die Arme fest über meinem gelb-orangen Morgenrock verschränkt.

Das Telefon steht nebenan, sagte ich leise.

Ich war nicht sicher, ob er mich gehört hatte.

Das Telefon steht nebenan, wiederholte ich.

Da saß er schon am Tisch.

Krieg ich einen Kaffee, fragte er.

Ich zuckte mit den Schultern.

Er stand auf, nahm eine schmutzige Tasse aus dem Spülstein, sein Ellbogen streifte mich, er schenkte sich selber ein. Ich stand vor dem Fenster und sah ihm zu, wie er den Kaffee trank, er trank ihn auch schwarz.

Was wollen Sie eigentlich, fragte ich, obwohl ich es wusste.

Na dich, sagte er forsch.

Er streckte eine Hand aus und griff nach meiner Brust. Ich wich zurück und stieß mit dem Kopf gegen den Fensterriegel. Er kam noch näher. Er drückte meine Brust bis es wehtat. Sein Gesicht kam immer näher.

Stell dich nicht so an, sagte er und: Halt schon still.

Ich drehte den Kopf zur Seite, mein Blick fiel auf Liz. Sein Mund folgte meiner Bewegung. Er biss mich in den Hals. Ich roch den Kaffee in seinem Atem. Ich stöhnte. Angewidert, aber das hörte er nicht.

Er war nur ein Junge. Er hatte Pickel und schlechten Atem.

Na also, murmelte er, warum denn nicht gleich.

Ich griff über seine Schulter hinweg nach dem Wasserkessel, diesem schweren italienischen Modell mit der Zweitonpfeife, ein Geschenk von Roger. Der Kessel war noch voll Wasser, sogar noch heiß, ich hob ihn hoch, holte aus und schlug ihn dem Jungen seitlich gegen den Kopf. Lautlos sank er in sich zusammen, rutschte auf den Küchenboden und blieb liegen. Ich stieg über ihn hinweg, ging ins Badezimmer, duschte heiß und kalt, zog mich an, packte meine Kleider in einen Koffer und ging. Ich warf im Gehen einen letzten Blick auf die vielen Geschenke und auf den Jungen, der regungslos auf den kalten Fliesen lag.

Ich hinterließ sonst nichts, keinen Brief.

Später las ich in der Zeitung, dass der Junge ziemlich weit von unserem Haus entfernt gefunden worden war. Offenbar war er gar nicht sofort tot gewesen, sondern hatte sich noch zur Straße schleppen können. Niemand schien einen Zusammenhang zwischen dem Tod des Zeitungsjungen und meinem Verschwinden herzustellen. Ich war froh darüber, froh für Roger, denn trotz allem hätte er es nicht verdient, in diese Geschichte hineingezogen zu werden.

Das war mein letzter Gedanke an ihn.

Keine Milch heute

Der Tag, an dem der Milchmann nicht kam, war ein trauriger Tag.

Dazu muss man wissen, dass ich den Milchmann liebe, und das seit Jahren. Jeden Dienstag, Donnerstag und Samstag stehe ich um fünf Uhr auf, um ihn durch den Briefkastenschlitz zu beobachten. Für niemanden sonst würde ich so früh aufstehen. Das muss wohl Liebe sein.

Es war am Donnerstag vor zwei Monaten. Ich wachte unterdessen ganz von selber um fünf Uhr auf, das tue ich übrigens immer noch. Ich stand auf, zog meinen warmen Morgenrock an und ging barfuß über die eiskalten Treppenstufen nach unten. Ich kauerte mich vor die Haustüre und hob die Klappe hoch. Ich habe eine kleine Klammer angebracht, nachdem die Klappe einmal meinen schweißnassen Fingern entglitten und scheppernd zugefallen war. Durch den Briefkastenschlitz habe ich einen wunderbaren Blick auf die Straße, das Gartentor und den Weg, bis direkt vor die Haustür. Ich wartete auf das Motorengeräusch, das ich aus allen anderen heraushören würde, aber hier fährt sowieso kaum je ein Wagen vorbei. Der Briefträger kommt mit dem Fahrrad und der Zeitungsjunge zu Fuß. Dann gibt es noch den Laufburschen aus dem

Lebensmittelgeschäft im Dorf, aber den habe ich höchstens drei-, vier Mal gesehen. Da ich nicht sehr viel einkaufe, schicken sie höchst widerwillig jemanden hier herauf. Mein Haus liegt sehr abgelegen auf dem Hügel. Ich habe einen großen Garten, ich esse nicht viel, ich sehe niemanden. Der Briefträger ist ein alter Säufer. Zugegeben, ich bitte ihn manchmal herein, und dann trinken wir ein Glas zusammen, und er erzählt mir, was die Leute im Dorf machen. Es passiert offenbar immer etwas, und ohne den Briefträger würde ich nichts davon merken, gar nichts. Das wäre nicht weiter schlimm. Der Briefträger hat dünne, graue, fast schulterlange Haare. Der Zeitungsjunge hat rote Backen. Atemlos kommt er die Straße hochgelaufen. Er wirft die Zeitung über den Zaun in den Garten und kehrt sofort um und läuft ins Dorf zurück. Nur ganz selten kommt er bis zum Haus, an Weihnachten zum Beispiel, dann gebe ich ihm Geld.

Der Milchmann ist anders. Vor vier Jahren ist er zum ersten Mal gekommen. Ich weiß gar nicht mehr, wer vor ihm die Milch gebracht hat. Ich habe immer bis um neun geschlafen. Es war ein Zufall, dass ich an diesem Morgen wach war und aus dem Fenster schaute und ihn sah, ich sah sofort, dass er anders war. Wie er aus dem Wagen stieg, er bewegte sich langsam, beinahe träge, aber mit einer gewissen Eleganz. Er hatte dunkles Haar. Ich sah ihn von oben. Wie gebannt blieb ich am Fenster stehen.

Plötzlich hob er den Kopf, unwillkürlich trat ich

einen Schritt zurück, obwohl er mich nicht sehen konnte. Ich hatte das Licht nicht angemacht, war einfach aufgestanden, ohne Grund, und hatte ihn in der Dämmerung kommen sehen. Er hob den Kopf, sein Gesicht war ein heller Fleck, er hatte etwas Trauriges an sich, einen traurigen Zug um den Mund, aber diese und andere Einzelheiten konnte ich erst später feststellen. Der Milchmann war auf jeden Fall anders.

Oft war er seltsam angezogen. Er trug Mützen in allen Farben, unter denen sein halblanges Haar seitlich abstand, manchmal auch Hüte mit Federn. Oder hohe grüne Stiefel, in denen er ein bisschen aussah wie Robin Hood. Sein Gesicht war braun gebrannt, aber müde. Er hatte ein paar Falten, nicht viele, er musste noch ziemlich jung sein.

An diesem Donnerstagmorgen hörte ich den Wagen nicht. Er kam nicht. Ich merkte es erst, als mein rechtes Bein eingeschlafen war, ich stand unbeholfen auf und hüpfte im Flur herum und fragte mich, warum er nicht kam. Ich wartete den ganzen Tag. Ich war unruhig. Nicht in der Lage, etwas zu denken oder zu tun. Ich drehte das Radio an, um die Nachrichten zu hören, vielleicht hatte ich mich im Tag geirrt. Aber nein. Es war eindeutig Donnerstag, und der Milchmann kam nicht. Am Freitag sowieso nicht und auch am Samstag nicht.

Am Samstagnachmittag um halb drei zog ich meine festen Schuhe an, meinen blauen Mantel, band ein Tuch um den Hals und ging aus dem Haus. Durch den Garten auf die Straße. Sorgfältig schloss ich das Gartentor hinter mir. Ich stand auf der Straße, atmete tief durch, wandte mich nach rechts und ging die Straße hinunter ins Dorf. Das hatte ich seit zehn Jahren nicht mehr getan. Seit zehn Jahren hatte ich mein Haus nicht verlassen. Nicht einmal, nicht ein einziges Mal.

Das Dorf hatte sich sehr verändert. Das war ganz natürlich. Nach zehn Jahren. Nichts rief irgendeine Erinnerung in mir wach, und das war auch gut so. Nicht dass ich besonders darauf geachtet hätte. Ich ging die Dorfstraße hinunter, wich den Menschen und den Blicken aus und fand ganz einfach das Milch- und Käsegeschäft. Eine Glocke bimmelte, als ich die Türe öffnete und eintrat. Der Laden war hell und sauber, modern. Ein dickliches, rosiges Mädchen trat aus dem Hintergrund hervor.

Was wünschen Sie?

Ich habe meine Milch nicht bekommen.

Ich erschrak selber über meine Stimme, die in dem leeren Laden leise klirrte. Ich räusperte mich.

Der Milchmann ist nicht gekommen, fuhr ich hastig fort, heute nicht und am Donnerstag auch schon nicht.

Das Mädchen sah mich verständnislos an.

Ich wohne oben auf dem Hügel, erklärte ich, das weiße Haus.

Dann fiel mir nichts mehr ein.

Ich werde fragen, sagte das Mädchen und verschwand wieder im Hintergrund.

Ich wartete. Ich nahm ein paar Dinge aus den Gestellen, die ich brauchen konnte. Milch, Joghurt, Butter. Wenn ich schon einmal hier war. Ich legte alles auf den Ladentisch. Das Mädchen kam nicht zurück. Ich hörte auch keine Stimmen. Ich wartete. Ich schob die Milchpackungen und die Joghurtbecher auf dem Ladentisch hin und her. Ich stellte sie in eine Reihe und dann in einen Kreis und wieder in Reihe. Nichts geschah. Ich ließ alles stehen und ging. Hinter mir bimmelte wieder die Glocke.

Ich stand auf der Dorfstraße in der Sonne und blinzelte. Einen Moment lang wusste ich nicht, wo ich war oder wer und was ich tat.

Ich blieb einfach so stehen, mitten auf der Straße.

Das Auto sah ich nicht kommen.

Ich lag in einem weißen Bett. Rosenblüten kitzelten mein Gesicht. Mir war übel. Ich versuchte mich aufzurichten, aber alles tat mir weh, besonders der Rücken, die Schulter, der rechte Arm.

Nehmt die Blumen weg, sagte ich, ich bin nicht tot.

Entschuldigung.

Die Blumen verschwanden. Ich schlief wieder ein.

Als ich aufwachte, war Nacht. Eine Krankenschwester beugte sich über mich und flößte mir kalten Tee ein.

Mir tut alles weh, sagte ich.

Sie lächelte.

Kein Wunder. Sie sind überfahren worden.

Sie zählte meine Verletzungen auf. Knochenbrüche, Gehirnerschütterung und so weiter. Immer noch war mir übel. Aber bevor ich etwas dagegen unternehmen konnte, war ich schon wieder weg. Es kam mir vor, als würde ich tagelang vor mich hindämmern. Halbschlaf unterbrochen von undeutlichen Gesichtern, Blumen, nassen, kalten Waschlappen und sachlichen Fingern an meinem Handgelenk. Ich sah den Milchmann, immer wieder.

Er streckte mir einen frischen Rosenstrauß entgegen. Er lächelte.

Es tut mir wirklich Leid, sagte er, aber Sie standen mitten auf der Straße, und ich konnte nicht mehr bremsen.

Das macht nichts, murmelte ich und drehte den Kopf weg.

Mögen Sie keine Rosen?

Doch, doch.

Morgen bringe ich Ihnen andere Blumen.

Ich schwieg.

Was Sie wollen, Sie müssen es mir nur sagen.

Ich konnte nicht antworten. Ich war zu müde. Meine Augen fielen ganz von selber zu. Ich hörte seine Schritte, die sich leise entfernten, die Türe, die er behutsam hinter sich schloss.

Wo sind Sie überhaupt gewesen?, fragte ich laut.

Schon gut, ich bin ja da. Können Sie nicht schlafen?

Die Krankenschwester. Es war schon wieder Nacht.

Sie habe ich nicht gemeint, sagte ich böse.

Möchten Sie ein Schlafmittel nehmen?

Nein.

Der Milchmann kam noch ein paar Mal, um sich zu entschuldigen. Er brachte andere Blumen mit. Einmal drückte er sanft meine Hand. Ich war immer noch sehr müde. Das Sprechen strengte mich an. Mein Mund war trocken. Ich fuhr mir mit der Zunge über die Lippen. Ich nahm meine ganze Kraft zusammen und fragte:

Warum sind Sie am Donnerstag nicht gekommen?

Eine sanfte und geduldige Stimme antwortete aus dem Halbdunkel:

Haben Sie Schmerzen? Möchten Sie ein Schlafmittel nehmen?

Ich schloss die Augen.

Mein sechster Mord

Ich lag auf dem Liegestuhl und blätterte in einer alten Illustrierten.

Die Sonne brannte. Der Himmel war blau und endlos. Das Meer war blau und endlos. So ging das seit Wochen.

Eine Mittelmeerkreuzfahrt hatte ich schon immer machen wollen. Und jetzt war der richtige Moment. Sechs Wochen einfach verschwinden. Eine wunderbare Idee. Hatte ich gedacht. Vier von den sechs Wochen waren schon um. Die letzten beiden würden auch noch vergehen. Irgendwie. Und dann? Ich durfte nicht daran denken.

Heute Abend sind wir in Athen, sagte Armin.

Ich blätterte weiter in meiner Illustrierten.

Darf ich Sie zum Essen einladen? Ich kenne mich in Athen ziemlich gut aus.

Ich seufzte und legte die Illustrierte weg.

Das ist nett von Ihnen, Armin, aber …

Ich schwieg.

Kein aber. Also abgemacht.

Freundlich tätschelte er mein Knie, stand auf und ging. Ich sah ihm nach. Unter seinem weißen Haar schimmerte rot die Kopfhaut durch. Er musste mindestens siebzig sein. Ich seufzte noch einmal. Niemand auf diesem Schiff war weit unter siebzig. Die

Besatzung natürlich ausgenommen. Aber keiner dieser schmucken Uniformierten interessierte sich für mich. Und der Kapitän hatte seine Frau mitgenommen. Die ganze Kreuzfahrt war überhaupt nicht so, wie ich sie mir vorgestellt hatte. Wie ich es in den Filmen gesehen hatte. Die Drehbuchautoren hatten gelogen.

Ich sah auf meine Uhr. Halb elf. Die Zeit verging nicht auf diesem Schiff. Noch eineinhalb Stunden bis zum Mittagessen. Der Tag hatte kaum begonnen. Ich ging in meine Kabine.

Therese war gerade dabei, ihre Fußnägel zu lackieren. Sie strahlte mich an.

Gefällt Ihnen die Farbe, Liebes?

Es war ein dunkles Violett. Die Nägel, die noch nicht lackiert waren, sahen gelb aus.

Hübsch, sagte ich gleichgültig.

Herbsttrauben! Therese lächelte stolz.

So heißt die Farbe. Oder so ähnlich. Möchten Sie? Sie reichte mir die Flasche.

Danke.

Ich streifte meine Sandalen ab und setzte mich auf mein Bett. Gelangweilt begann ich, meine hellrot lackierten Nägel violett zu überstreichen.

So geht das aber nicht, sagte Therese. Sie müssen doch den alten Lack erst abmachen. Möchten Sie meinen Nagellackentferner? Bleiben Sie, Liebes, ich hole ihn.

Mit gespreizten Zehen watschelte sie in das winzige Bad.

Hier! Und Watte!

Danke, Therese.

Sie ließ sich neben mich auf das schmale Bett plumpsen. Gereizt rutschte ich zur Seite. Sie streichelte meinen Arm.

Ist das nicht alles wunderbar aufregend?

Ich seufzte. Dann nahm ich mich zusammen.

Doch, Therese, wunderbar, sagte ich freundlich.

Therese war zweiundsechzig. Sie hatte einen Kiosk geführt. Ihr Mann war gestorben, einer ihrer Söhne war gestorben, der Kiosk war verkauft worden, und alles im selben Jahr. Dann hatte ihr einer ihrer sieben Enkel diese Kreuzfahrt geschenkt. Therese fand alles wunderbar. Therese war ein netter Mensch. Im Gegensatz zu mir.

Ach, und wenn ich denke, dass wir heute Abend in … Wo sind wir denn heute Abend?

In Athen.

Athen! Ach, wie schön! Wollen wir zusammen essen gehen?

Ich habe schon eine Verabredung.

Nein! Wie aufregend! Mit wem denn?

Ich lächelte etwas gequält.

Mit Armin.

Armin?

Armin, der weißhaarige Herr, er isst am Nebentisch.

Ach, Professor Müller! Wie nett.

Ich sah sie aufmerksam an. Sie konzentrierte sich ganz auf ihre Fingernägel, die bald schon im selben

Violett leuchteten wie ihre Zehennägel. Eine zarte Röte überzog ihr Gesicht.

Kommen Sie doch einfach mit, sagte ich großzügig. Ich würde mich freuen und Armin sicher auch, ich meine, Professor Müller.

Wirklich?

Sie strahlte. Dann beugte sie sich zu mir und küsste mich auf die Backe.

Sie sind ein liebes Kind.

Schon gut.

Verlegen rückte ich von ihr weg und verschüttete dabei etwas Nagellackentferner. Beißender Geruch breitete sich in der winzigen Kabine aus. Therese rannte sofort, einen Lappen zu holen. Ich stellte das Fläschchen auf den Boden, legte mich auf das Bett zurück, verschränkte die Arme über dem Kopf und lächelte zufrieden. Es würde mir Spaß machen, Therese und Armin einander näher zu bringen. Schon dachte ich mir alle möglichen Szenen aus. Vielleicht würde doch noch ein guter Mensch aus mir werden …

Nach dem Mittagessen nickte ich Armin lächelnd zu. Sofort erhob er sich und trat an unseren Tisch.

Therese, das ist Armin. Armin, darf ich Ihnen meine Freundin Therese vorstellen? Ich habe sie gebeten, uns heute Abend zu begleiten.

Therese errötete.

Ich hoffe, es ist Ihnen recht … ich möchte Sie nicht stören …

Aber ganz im Gegenteil.

Armin beugte sich über ihre Hand.

Es ist mir ein besonderes Vergnügen.

Ich grinste wie ein Weihnachtsengel. Es gefiel mir immer besser, nett zu sein.

Zum Mittagessen hatte es Muscheln gegeben. Was lag also näher, als eine im Verlaufe des Nachmittags immer stärker werdende Übelkeit vorzutäuschen und die beiden allein nach Athen zu entlassen? Ich blieb in der Kabine im Bett liegen und las einen von Thereses Heimatromanen. Sie schwirrte aufgeregt um mich herum, fragte mich abwechslungsweise, welches Kleid sie anziehen sollte, wie ihr der neue Hut stand oder ob sie nicht doch lieber bei mir bleiben sollte.

Kommt gar nicht in Frage, sagte ich so energisch, wie es eben noch glaubhaft war bei meiner Erkrankung. Wir haben es Armin versprochen.

Das gab den Ausschlag.

Bevor sie ging, küsste sie mich noch einmal, was ich eigentlich gar nicht ausstehen konnte. Matt wandte ich den Kopf ab und schloss die Augen.

Gehen Sie jetzt endlich, flüsterte ich.

Ich blinzelte und sah sie gerade noch in der Tür verschwinden, leichtfüßig, aufgeregt.

Ich drehte mich um und vertiefte mich wieder in den Heimatroman. Ein bisschen Bergluft konnte mir nicht schaden. Zwischendurch legte ich das Buch zur Seite und stellte mir vor, was die beiden gerade machten.

Wie aufregend!, sagte ich laut und lachte.

Ich las das Buch zu Ende und war immer noch hellwach. Ich sah auf die Uhr. Kurz nach Mitternacht. Leise stand ich auf und zog mich an, obwohl es eigentlich keinen Grund gab, leise zu sein. Ich war allein. Ich ging ein bisschen auf Deck spazieren, dann rollte ich mich auf einem der Liegestühle zusammen, genoss die laue Nachtluft und fühlte mich großartig.

Wenig später hörte ich Stimmen. Die ersten Passagiere kamen zurück. Ich wollte aufstehen und in die Kabine gehen und dort auf Therese warten. Ich lächelte im Dunkeln vor mich hin.

Zwei Schatten näherten sich, und ich blieb, wo ich war. Sie kamen Arm in Arm. Als sie an mir vorübergingen, erkannte ich Armin und Therese. Mein Herz schlug schneller. Wie aufregend, wie wunderbar! Nicht weit von meinem Liegestuhl entfernt blieben sie stehen. Er zog seine Jacke aus und legte sie um ihre Schultern. Ich brachte es nicht über mich, aufzustehen und mich bemerkbar zu machen. Obwohl ich es eigentlich hätte tun müssen.

Ich glaube, ich muss jetzt in meine Kabine zurück, seufzte Therese leise.

Die Kleine wird sich Sorgen machen.

Ich runzelte die Stirn. Ich?

Sie haben recht, antwortete Armin, man muss sich um sie kümmern. Sie sind ein wundervoller Mensch, Therese.

Ich nickte. Da hatte er durchaus recht. Aber warum musste man sich um mich kümmern?

Mit dem Mädchen stimmt etwas nicht, fuhr Armin fort, das habe ich sofort gemerkt. Leider wehrt sie sich gegen meine Hilfe. Vielleicht könnten Sie …

Therese lachte leise.

Der weltberühmte Psychiater Professor Armin Müller, spöttelte sie, jaja … Das Mädchen ist schon in Ordnung. Sie braucht nur ein bisschen Geduld und Verständnis.

Dann gingen sie langsam. Ich saß wie erstarrt im Dunkeln. Nicht normal. Verständnis, Geduld, Psychiater. Nach allem, was ich für sie getan hatte. Ein Zittern lief durch meinen Körper, ich sprang auf und rannte über die hintere Treppe zu den Kabinen hinunter. Als Therese leise die Tür aufschloss, fand sie mich scheinbar schlafend.

Die Gelegenheit ergab sich zwei Tage später. Professor Müller stand an die Reling gelehnt, rauchte eine Zigarre und blickte über die glatte See. Es war gegen zehn Uhr abends. Ich näherte mich von hinten und packte ihn um die Hüften und warf ihn über Bord. Es ging ganz einfach: Armin war eher klein und schmächtig, und ich war wütend. Niemand hatte etwas gesehen. Man vermisste ihn erst beim Frühstück, und da war es natürlich zu spät.

Die ganzen letzten Tage der Kreuzfahrt kümmerte ich mich ausschließlich um Therese. Sie war untröstlich. Sie brauchte Hilfe, Geduld und Verständnis …

Eines Nachts, als ich Vater wurde

Das Kind hat mein Leben verändert. Dabei wollte ich eigentlich gar kein Kind, das heißt, ich hatte nie daran gedacht. Eines Nachts wachte ich hungrig auf. Ich stand auf, ging barfuß in die Küche, öffnete den Kühlschrank, gähnte, blinzelte ins helle Licht. Da saß ein Kind im Kühlschrank. Ich starrte es an, ich dachte, ich bin noch nicht richtig wach, da muss doch noch ein Bratenrest von gestern sein. Das Kind begann zu weinen.

Schnell schlug ich die Kühlschranktüre zu. Ich zitterte. Ich hörte das Kind durch die Tür brüllen, das konnte doch einfach nicht wahr sein. Ich öffnete den Kühlschrank wieder, langte vorsichtig hinein und hob das Kind heraus. Es fühlte sich kühl an. Ich setzte mich an den Küchentisch. Das Kind hielt ich ungeschickt in den Händen. Es war ein sehr kleines, mageres Baby mit einem roten Gesicht und wenigen Haaren. Es war nichts Weiches an ihm, es strampelte und wehrte sich mit aller Kraft. Jetzt bekam es einen Schluckauf. Seine Augen konnte ich nicht sehen. Es war mit einer Wegwerfwindel und einem verwaschenen Baumwolljäckchen bekleidet. Die kleinen Füße ragten bläulich in die Luft. Ich hatte immer noch Hunger und das Kind wohl auch. Nur, was gibt man so einem kleinen Baby? Ich versuchte es mit warmer Milch und Honig, die es ausspuckte, mit Brotrinde und schließlich mit einer Banane. Langsam wunderte ich mich, dass noch niemand aufgewacht war. Sehr oft, wenn ich mir mitten in der Nacht etwas aus dem Kühlschrank hole, steht plötzlich einer der anderen in der Tür. Reibt sich den Schlaf aus den Augen, zieht die Pyjamahose hoch und sagt etwas über meine Zwölfstundendiät. Tagsüber esse ich nämlich sehr wenig. Ich weiß, dass ich dick bin, aber ich wache eben nachts immer auf und habe Hunger, was soll ich machen.

Das Kind jedenfalls hatte noch keine Figurprobleme. Ich fütterte es mit Joghurt und zerdrückter Banane. Es entspannte sich langsam. Rülpste. Ich wickelte es in ein Küchentuch ein und trug es vorsichtig in mein Zimmer. Mein Zimmer liegt ganz am Ende des Flurs. Es ist am weitesten von der Küche entfernt, aber das nützt natürlich nichts. Wenn man nachts aufwacht und Hunger hat, ist Entfernung nichts.

Vorsichtig legte ich mich mit dem Kind auf die Matratze und zog die Steppdecke über uns beide. Ich lag auf der Seite und betrachtete im Halblicht das schlafende Kind in meiner Armbeuge. Es atmete geräuschvoll durch die Nase, zuckte mit den Füßen, schnorchelte. Dann glitt es sanft aus meinem Griff, drehte sich auf den Rücken und spannte die Schlafärmchen auf. Von da an hörte ich nichts mehr. Ab und zu hielt ich mein Gesicht an seine kleine Brust, um ganz sicher zu sein, dass es noch lebte. Es atmete regelmäßig.

Irgendwann muss ich doch eingeschlafen sein. Am hellen Tag weckte mich durchdringendes Gebrüll. Ich schoss hoch, hungrig und zutiefst verwirrt. Neben mir auf meiner Matratze, halb unter der Steppdecke verborgen, lag ein winziges Baby und schrie sich die Seele aus dem Leib. Das ganze Gesicht war dunkelrot angelaufen, die Augen wütend zusammengekniffen. Der Anblick der zahnlos gebleckten kleinen Kiefer rührte mich seltsam. Das Kind hatte Hunger. Und aus der Wegwerfwindel tropfte es. Ich musste etwas unternehmen.

Ich stand auf, zog mich an, wickelte das feuchte, brüllende, zitternde Kind in einen alten Pullover und band es mir dann mit einem breiten indischen Schal vor die Brust. Erstaunt verstummte es. Ich schlüpfte in meine alte Lammfelljacke und zog den Reißverschluss hoch, sodass nur noch der kleine Kopf aus dem Fellkragen ragte. Leise verließ ich die Wohnung. Mein Bild erschien in dem hohen Wandspiegel neben der Wohnungstüre. Auf den ersten Blick erkannte ich mich. Ich sah aus wie immer. Unermesslich dick. Nur das kleine, nackte Köpfchen, das aus dem Ausschnitt meiner Jacke ragte, gab der Leibesfülle einen gewissen Sinn. Eine Berechtigung. Langsam stieg ich die Treppe hinunter und ging mit unbestimmtem Stolz über die Straße. Die Blicke, die mich trafen, waren nachsichtiger als gewöhnlich. Der Unterschied war auf der Haut zu spüren. Ich beschloss, mit der Straßenbahn zu fahren, eine Übung, die ich normalerweise vermeide.

Ich fuhr zwei Stationen bis zum Supermarkt. In einem Regal gab es sieben verschiedene Sorten Wegwerfwindeln, nach Gewicht und Geschlecht sortiert. War mein Baby ein Mädchen oder ein Junge? Wie schwer war es? Ich entschied mich für die kleinste Größe, GIRL. Wenn es ein Junge war, würde ich die Windeln eben umtauschen. Aber mein Gefühl sagte mir, dass es ein Mädchen war. Ich legte das Windelpaket quer auf den Einkaufswagen und wandte mich der Babynahrung zu.

Entschuldigung.

Eine junge Frau drehte sich zu mir um, trat einen Schritt zur Seite und lächelte mir zu. Ich konnte mich nicht erinnern, wann mir das letzte Mal eine junge Frau zugelächelt hatte. Eine hübsche junge Frau. Ich lächelte zurück. Unschlüssig studierte ich die Verpackungen. Es gab alle Sorten Fertignahrung: Reisschleim, Dreikornschleim, Fünfkornschleim, Gemüseschoppen, Frühstücksgetränk mit Früchten, Grießmilch, Soja-Früchtebrei, adaptierte Fertigmilch ... Einigermaßen verwirrt nahm ich eine Schachtel nach der anderen in die Hand und legte sie wieder ins Regal zurück. Die junge Frau lächelte immer noch. Ich hätte sie fragen können, ich hätte sie gern gefragt, welche Babynahrung ich kaufen sollte, aber ich wollte mir keine Blöße geben. Auch wollte ich das Lächeln nicht vertreiben.

Ist es ein Mädchen?, fragte sie schüchtern.

Ich nickte.

Sie trat näher und streckte die Hand aus, vorsichtig, ohne das Köpfchen jedoch zu berühren. Das gefiel mir.

Wie heißt sie?

Sonja, sagte ich, ohne zu überlegen, ja, Sonja.

Schöner Name. Wie alt ist sie, drei Monate?

Ja. Nein, vier. Vier Monate am Dienstag.

Sie lächelte noch tiefer und drehte sich um und ging zur Kasse. Ich blieb einen Moment wie angewurzelt stehen, sah ihr nach, verlor sie aus den Augen. Ich entschied mich für eine adaptierte Milch von der Geburt bis zum dritten Monat und wandte mich dann den Fläschchen und Saugern und Schnullern zu, die ich schon mit mehr Selbstsicherheit aussuchte. Strampelhöschen, Jäckchen und eine grün-lila gestreifte Wollmütze wählte ich schon mit väterlicher Routine. Ich wusste ohne zu überlegen, welche Farben Sonja stehen würden. Auch wenn ich ihre Augen immer noch nicht gesehen hatte.

Ich warf meine Einkäufe übereinander in den Wagen und eilte zur Kasse. Ich sah die junge Frau gerade noch durch die automatische Türe verschwinden. Als ich in der Schlange vor der Kasse wartete, wachte Sonja auf und begann zu jammern. Ich trat von einem Fuß auf den andern, murmelte beruhigend und beeilte mich. Als ich die Straße überqueren wollte, sah ich sie noch einmal von hinten, die junge Frau. Ich weiß nicht, woher ich den Mut nahm, aber ich rief »Hallo«, und sie drehte sich um.

Hallo. Wartest du auf die Straßenbahn?

Nein, ich gehe zu Fuß.

Trotzdem blieb ich einen Moment stehen und sah sie an. Ihre Nase war von der Kälte gerötet, und ihre Haare sträubten sich wie Federn um den Kopf. Sie hieß Helen. Dann kam die Straßenbahn. Sonja begann wieder leise zu quengeln.

Da kommt meine Straßenbahn, sagte Helen. Sie stellte einen Fuß auf das Trittbrett, stieg aber noch nicht ein. Ich holte tief Luft.

Ich gehe heute Nachmittag mit der Kleinen in den Zoo, sagte ich in einem Atemzug, wenn du mitkommen willst?

Um drei, schrie sie und sprang in die schon anfahrende Straßenbahn.

Um drei, rief ich ihr nach.

Dann hüpfte ich nach Hause. Sonja schaukelte sanft vor meinem Bauch. Noch nie, so lange ich denken konnte, noch nie hatte sich eine junge Frau mit mir verabredet.

Die andern saßen beim Frühstück.

Guten Morgen, rief ich durch die offene Küchentür, ohne jemanden anzusehen, und eilte direkt ins Badezimmer.

He, willst du nichts essen, rief einer hinter mir her.

Ich antwortete nicht. Ich schloss die Türe hinter mir ab. Sanft legte ich Sonja auf den Badezimmerteppich und wickelte sie aus meinem Pullover. Sie strampelte. Ihre Beinchen waren dünn und verschrumpelt. Ich löste die nasse, schwere Windel ab.

Ein Mädchen, ich hatte es ja gewusst. Ich badete sie im Waschbecken, trocknete sie vorsichtig ab, wickelte sie, zog ihr die neuen Kleider an und legte sie wieder auf den Teppich. Das Fläschchen bereitete ich mit Mineralwasser zu und wärmte es unter dem heißen Wasser. Ich saß auf dem Toilettendeckel, das Kind im Ellbogen. Gierig trank die Kleine. Während sie schmatzend saugte, sah sie mich unverwandt an. Ihre Augen waren blau.

Vom Badezimmer führt eine Verbindungstür direkt in mein Zimmer. Ich ging auf und ab, Sonja blickte über meine Schulter und gurgelte und rülpste. Sie griff nach den wehenden Vorhängen und lachte. Dann wurde sie ganz plötzlich schwer in meinem Arm. Ich legte sie auf mein Bett, winkte ihr zu und verließ das Zimmer. Ich ging in die Küche, wo die anderen warteten.

He, wo bleibst du denn? Isst du nichts?

Ich setzte mich an den Tisch und schenkte mir eine Tasse Kaffee ein.

Nein danke.

Was ist denn mit dir los? Bist du auf Diät?

Brüllendes Gelächter. Ich trank meinen Kaffee ungerührt.

Ich bin heute Nachmittag verabredet, sagte ich.

Verabredet?

Die anderen stellten ihre Tassen hörbar auf den Tisch.

Du?

Ja, warum soll ich nicht verabredet sein?

Schweigen. Weil du zu fett bist. Sagte niemand.

Um drei, fuhr ich selbstsicher fort, um drei bin ich mit Sonja und Helen verabredet. Im Zoo.

Sonja und Helen. Das gab ihnen den Rest.

Ich schenkte mir noch eine Tasse Kaffee ein.

Mein siebter Mord

Ich fuhr auf der Autobahn, als ich seine Stimme erkannte. Der Abend fiel ein, und das Licht war rosa, und im Radio lief diese Problemsendung, der ich mit halbem Ohr zuhörte.

... Diese Frau, bei der ich wohne ... sagte er.

Und sie, mit sanfter, einfühlsamer Stimme: Ja?

Da war eine Raststätte. Ich fuhr auf den Parkplatz. Meine Hände zitterten. Ich drehte das Radio lauter.

... macht mir irgendwie Angst.

Das war er. Eindeutig.

... nichts Bestimmtes. Nur, jeden Abend, gegen halb Acht, wenn ich weiß, dass sie jetzt bald zurückkommt, habe ich Angst. Ich kann das nicht erklären. Etwas stimmt nicht mit ihr. Wir kennen uns seit drei Monaten, und so lange wohne ich schon bei ihr. Ich kenne sonst niemanden in der Stadt. Ich bin den ganzen Tag in der Wohnung und warte, bis sie zurückkommt. Anfangs fand ich sie ganz nett, aber jetzt ... Sie sagt immer so seltsame Sachen. Ich weiß auch gar nichts über sie. Was vorher war. Sie ist mir irgendwie unheimlich.

Du bist offensichtlich nicht glücklich in der Situation.

Das war keine Frage, das war eine Feststellung.

Mit sanfter Stimme ausgesprochen. Ich hielt den Atem an.

Er seufzte.

Nein, sagte er, das bin ich nicht.

Nun gut, die Radiostimme wurde wieder fröhlicher, wahrscheinlich ging die Sendezeit langsam zu Ende, dann gibt es nur eins: Pack deine Sachen und zieh aus.

Jetzt gleich?

Seine Stimme klang erleichtert und ungeduldig. Wie ein Kind, das schon von einem Bein aufs andere hüpft und nur noch auf die Erlaubnis wartet, um wegrennen zu dürfen. Sie gab sie ihm.

Das wird wohl das Beste sein. Ich wünsche dir viel Glück. Und hier haben wir Andrea am Telefon, Andrea, bist du da?

Ich drehte das Radio aus und ließ den Kopf sinken, bis meine Stirn das Lenkrad berührte. Ich hatte noch mindestens eine Stunde Fahrt vor mir. Das musste ihm reichen. Ich würde eine leere Wohnung vorfinden. Wieder.

Nach einer Zeit, die mir lang vorgekommen war, hob ich den Kopf, atmete tief durch und fuhr weiter. Richtung Stadt. Ich war jetzt ruhig.

Seine Stimme war in meinem Kopf. Immer wieder hörte ich die Sätze:

Anfangs fand ich sie ganz nett … Aber jetzt … Sie ist mir unheimlich … Glücklich? Nein, das bin ich nicht. Nein, das bin ich nicht. Nein, das bin ich nicht.

Nun, ich war glücklich gewesen in diesen drei Monaten. Abend für Abend hatte ich mich auf ihn gefreut. Ich kannte selber niemanden in dieser Stadt. Mehr zufällig war ich dort gelandet. Ich hatte relativ leicht eine Anstellung und eine Wohnung gefunden. Ich war viel unterwegs und viel allein. Eines Morgens hatte er mich vor dem Haus angesprochen. Ob ich eine Zigarette hätte. Ich hatte eine. Wir wechselten ein paar Worte über das Wetter, es war mitten in der großen Kälte. Er zog die Nase hoch und sah mich aus blauen Augen an. Ich gab ihm meinen Wohnungsschlüssel und bat ihn, auf mich zu warten. Und als ich am Abend nach Hause kam, war er noch da. Er hatte auf mich gewartet. Er hatte sogar gekocht. Fischstäbchen mit Kartoffelbrei, mein Leibgericht. Wir hatten zusammen ferngesehen, und später war er auf dem Sofa eingeschlafen. So war es dann jeden Abend gewesen. Drei Monate lang. Heute Abend würde es nicht so sein und nie wieder. Ich kam der Stadt schon näher. Und ich fasste einen Entschluss.

Ich folgte den Wegweisern zum Radiostudio. Ein hässliches Gebäude am Stadtrand. Ich fuhr auf den Parkplatz und drehte alle Lichter aus. Wartete. Und wartete. Wartete, bis sie das Gebäude verlassen und über den Parkplatz zu ihrem Wagen gehen würde. Ich wusste nicht, ob ich aussteigen und sie zur Rede stellen oder sie lieber gleich über den Haufen fahren sollte. Ich wartete ziemlich lange. Bis meine Wut verraucht war, und der Gedanke an eine leere Wohnung seinen Schrecken verloren hatte. Ich stieg aus dem Wagen und ging auf das hell erleuchtete Eingangstor zu. In der Loge saß ein sehr junges Mädchen, das in eine Zeitschrift vertieft war und rhythmisch Kaugummi kaute. Ich musste an die Scheibe klopfen, bis sie mich bemerkte. Sie öffnete den Schalter und sah mich fragend an. Ich nuschelte einen Namen und behauptete dreist, mit der Problemdame verabredet zu sein. Das Mädchen nickte gelangweilt, sagte, sie sei im Archiv, beschrieb mir den Weg und hielt mir ein Formular hin, das ich mit einer hingekritzelten, unleserlichen Unterschrift versah.

Durch gnadenlos beleuchtete Gänge kam ich zum Schallplattenarchiv.

Hallo, rief ich, hallo?

Ja, was denn, schrie die über den Sender so sanft klingende Stimme ungeduldig aus dem Hintergrund.

Ich wollte Sie einen Moment sprechen. Wegen Ihrer Sendung vorhin.

Wer sind Sie überhaupt.

Sie streckte ihren Kopf hinter einer Regalreihe hervor und sah mich prüfend an. Sie war nicht mehr ganz jung und trug ihre Brille ganz vorne auf der Nase. Ich lächelte schüchtern.

Wegen diesem jungen Mann, der angerufen hat, und Sie haben gesagt …

Herrgott nochmal, passen Sie doch auf, fuhr sie mich an.

Ich hatte gedankenlos an einer Kurbel gedreht und das Gestell hatte sich nach hinten verschoben. Die Dame trat einen schnellen Schritt zur Seite.

Rühren Sie die Kurbel nicht an! befahl sie mir scharf.

Mit dem Zeigefinger schob sie ihre Brille hoch. Graue Löckchen fielen um ihr Gesicht, ihr Lippenstift war dunkelrot, und ich vertraute ihr sofort. Es war nicht nur die Stimme. Es war ihr Beruf.

Was wollen Sie überhaupt, fragte sie noch einmal, ich habe nur sehr wenig Zeit.

Ich holte tief Luft.

Es ist wegen vorhin, als Sie gesagt haben, er solle seine Sachen packen und ausziehen, heute noch, sofort, und das heißt, wenn ich jetzt nach Hause fahre, ist er nicht mehr da, verstehen Sie?

Sie verdrehte die Augen und schüttelte den Kopf.

Schätzchen, sagte sie, wirklich! ich kann doch nicht an alles denken!

Dann drehte sie sich um, um in den hinteren Regalen etwas zu suchen.

Rufen Sie mich an, wenn Sie Probleme haben. Jeden Dienstag und Freitag ab 21 Uhr, die Nummer ist ...

Ich kannte die Nummer auswendig. Mit beiden Händen packte ich die Kurbel und drehte sie mit aller Kraft. Die Gestelle prallten krachend aufeinander. Ihre Schreie verfolgten mich weit durch die taghellen Gänge. Aber außer mir schien sie niemand zu hören.

Ich nickte dem Mädchen in der Loge zu, ging über den Parkplatz zu meinem Wagen und fuhr nach Hause. Im Treppenhaus roch es angebrannt. Müde stieg ich die Treppe hinauf. Als ich nach dem Wohnungsschlüssel suchte, wurde die Türe von innen aufgerissen.

Die Fischstäbchen sind angebrannt, sagte er vorwurfsvoll.

Das große Tauchen

Es war nass. Es war mitten auf der Straße. Seine Lippen waren weich und meine Knie auch. Mein Herz klopfte. Ich musste die Augen schließen.

Als ich wieder auftauchte, stand ich im Regen. Absolut verwirrt. jemand hatte mich geküsst, vor nicht so langer Zeit. Ich erinnerte mich sehr deutlich an seinen Geruch, seine Lippen. Das war aber auch schon alles. Wasser tropfte mir aus den Haaren in die Augen. Seinen Namen wusste ich nicht. Wenn ich es mir recht überlegte, wusste ich nicht einmal meinen eigenen Namen. Fröstelnd zog ich meinen Mantel enger um mich. Ich trug einen grünen Plastikmantel. Ich hatte nicht das Gefühl, dass er mir gehörte. Er gefiel mir nicht einmal. Ich schlug den Kragen hoch, Wasser lief mir in den Nacken, ich sah mich um. Ich stand auf einer Brücke, Menschen hasteten an mir vorbei, da war eine Straße. Nichts, das mir bekannt vorgekommen wäre. Autos, ein Fluss, Regen. Ein Mann im Anzug lief über die Straße, er trug seine Schuhe in der Hand. Die Tageszeit war schwer abzuschätzen. Nachmittag, vielleicht. Hier konnte ich nicht stehen bleiben. Ich ging geradeaus, über die Brücke. In der Straße verliefen Tramschienen. Geschäfte hatten schon geschlossen. Ich schlug einen energischen Schritt an, wie jemand, der weiß, wohin er dem Regen entkommen will. Oder kann. Ich las die Straßenschilder. Sie waren in meiner Sprache verfasst. Immerhin. Meine Schuhe drückten. Ich blieb stehen und zog sie aus. Es waren billige, schwarze Lackschuhe mit rosa Schleifen an den Fersen und lächerlich hohen Absätzen. Verwundert sah ich sie an. Wer immer ich sein mochte, solche Schuhe würde ich nicht freiwillig anziehen. Ebenso wenig wie diesen scheußlichen Plastikmantel. Das wusste ich ganz sicher, wenigstens das. Der Gedanke beruhigte mich ein bisschen. Neugierig öffnete ich jetzt den Mantel, um zu sehen, was darunter war.

Ich trug lila Turnhosen, ein rosa Tüllröckchen und ein enges, schwarzes Oberteil aus Kunststoff. Mein Bauch war nackt. Schnell knöpfte ich den Mantel wieder zu. Das musste ein schlechter Traum sein.

Wach auf, sagte ich laut, bitte, wach auf.

Als mich der verwunderte Blick eines Vorbeigehenden traf, wusste ich, dass es kein Traum war. Ich zog die Schuhe wieder an. Ich hatte ja nur die einen. Barfuß konnte ich nicht im Regen stehen bleiben. Also ging ich weiter. In einer Scheibe spiegelte sich mein Gesicht. Ich warf einen flüchtigen Blick darauf, von der Seite. Das Gesicht immerhin gehörte mir. Das erkannte ich eindeutig. Ich blieb stehen und sah in meine weit aufgerissenen Augen. Jemand hatte mich geküsst. Sonst wusste ich nichts. Ich tat mir selber Leid.

Ich schob die Hand in die Manteltasche. Meine

Finger berührten erneut Plastik. Es fühlte sich an wie eine kleine Tasche. Mein Herz begann zu hämmern. Es war ein kleines Kinderportemonnaie in Mickymausform, mit einem Reißverschluss über beide Ohren. Hastig öffnete ich es und fand Geld. Vertraute Noten und Münzen, ziemlich viele. Dankbar berührte ich sie mit den Fingerspitzen. Ein Lippenstift, ich schraubte daran: grelles Pink. Ein kleingefalteter, schmuddliger Zettel. Meine Hände zitterten, als ich ihn auseinanderfaltete. Es war ein Pillenrezept für ein Jahr, ausgestellt auf den Namen Rosmarie Schneider. Rosmarie Schneider. Absolut unbekannt. Ich zählte die Apothekerstempel und kam zu dem Schluss, dass es Juni sein müsse, oder Juli. Vorausgesetzt, Rosmarie Schneider hatte ihre Pille regelmäßig genommen. Meine Enttäuschung war unergründlich. Aber da war immerhin ein Name, da war die Adresse des Arztes, der das Rezept ausgestellt hatte, und da war Geld. Ich konnte in eine Bar gehen und einen Cognac trinken, der Gedanke kam ganz selbstverständlich, einen Cognac trinken, und das tat ich auch. Der Regen war schwächer geworden, und die Straßen wurden wieder belebter, ich hatte keine große Mühe, eine Bar zu finden. Ich setzte mich an einen kleinen Tisch in der Ecke und bestellte einen Remy Martin. Die Marke nannte ich ohne die Spur eines Zögerns, ich hatte also immerhin meine kleinen Gewohnheiten. Auf dem Tisch stand eine Schale mit Erdnüssen, die ich gierig aß. Ich bestellte einen zweiten Remy Martin und fühlte mich etwas besser. Ich streckte die Beine aus, meine Füße schmerzten jetzt wirklich, die Schuhe konnten einfach nicht mir gehören.

Denk nach. Versuch dich zu erinnern.

Jemand hatte mich geküsst. Sonst nichts.

Verärgert runzelte ich die Stirn, und plötzlich hatte ich Lust auf eine Zigarette. In den Manteltaschen waren keine Zigaretten. Ich stand auf und ging durch die Bar nach hinten, wo ich den Zigarettenautomaten vermutete. Da war auch ein Telefon. Immer noch verärgert schlug ich das Telefonbuch auf und suchte Rosmarie Schneider. Es gab ein paar davon. Ich entschied mich für die ohne Berufsangabe und wählte die Nummer.

Rosmarie Schneider, Sie sind mit dem automatischen Telefonbeantworter verbunden. Ich bin im Moment nicht zu Hause …

Ich ließ den Hörer fallen. Die Stimme war mir so unangenehm, wie es nur die eigene sein kann.

Ich kaufte die Zigaretten und ging an meinen Tisch zurück. Ich winkte dem Kellner und verlangte Streichhölzer, ein Blatt Papier und einen Kugelschreiber. Ich zündete eine Zigarette an und schrieb: Rosmarie Schneider, Adresse, Telefonnummer, Pillenmarke, Frauenarzt, Adresse, Telefonnummer.

Ich überlegte einen Moment. Das führte mich nirgendwo hin. Ich knüllte das Blatt zusammen, warf es in den Aschenbecher und fing neu an. Ich schrieb:

Ich weiß, dass ich nicht Rosmarie Schneider heiße. Ich rauche und sie nicht. Oder?

Ich weiß, dass ich keine leuchtfarbenen Kunststoffsachen tragen würde.

Ich weiß, dass ich hohe Absätze nicht gewohnt bin.

Die Stimme aus dem Telefonbeantworter ist meine eigene.

Ich habe keinen Schlüssel.

Ich habe keine Ausweispapiere.

Jemand hat mich geküsst.

Seufzend legte ich den Kugelschreiber hin. Das war die einzige klare Erinnerung, die ich hatte: Lippen, ein Kuss. So deutlich, dass ich die Augen schließen musste. Ich bezahlte meine Cognacs und bat den Kellner, mir ein Taxi zu bestellen. Es regnete immer noch. Ich gab dem Taxifahrer die Adresse von Rosmarie Schneider. Er fuhr nicht sehr lange und hielt vor einem schäbigen alten Wohnhaus. Ich bat ihn zu warten.

Die Haustüre war offen. Das Licht im Treppenhaus funktionierte nicht. Langsam stieg ich die Stufen hinauf, sorgfältig die Türschilder lesend. Manche Wohnungen waren gar nicht angeschrieben. Endlich, im vierten Stockwerk links, ein rosa Kleber mit der Aufschrift »Rosmarie Schneider«. Schwarzer Filzstift, runde, kindliche Schrift, mit Sicherheit nicht meine eigene. Ich klingelte, nichts. Ich klingelte noch einmal. Ich hörte die Glocke im Innern der Wohnung schrillen. Nichts rührte sich. Vorsichtig drückte ich auf die Türfalle. Die Türe war nicht verschlossen. Ich trat ein. Die Wohnung war dunkel.

Automatisch fand meine Hand den Lichtschalter links neben der Tür.

Hallo?, rief ich, Hallo?

Ich stand in einem langen Flur, in dem sich Schuhe auf Schuhe häuften. Billige Schuhe mit hohen Absätzen. Ich bückte mich und hob einen auf. Einen rosa Plastikschuh mit scharfer Spitze. Links war eine offene Türe. Ich hielt den Schuh mit beiden Händen umklammert und trat ein. Ich stand in einem dunklen Zimmer. Wieder fand ich den Lichtschalter automatisch. Das Zimmer war klein. Der abgenutzte Parkettboden war mit Bergen von Kleidern übersät. In einer Ecke stand ein verschnörkeltes weißes Bett. Auf dem Bett lagen Teddybären und eine Frau. Ihr schwarzes Haar hing über den Bettrand und berührte beinahe den Boden. Der Boden war schmutzig. Die Frau war tot. Das sah ich auf den ersten Blick.

Ich ließ den Schuh fallen, löschte das Licht und verließ die Wohnung.

Der Taxifahrer hatte nicht gewartet. Es war Nacht. Ich ging in eine beliebige Richtung. Ich dachte nicht mehr weiter. Ich lief so schnell ich konnte mit diesen idiotischen Schuhen, die mir nicht gehörten. Endlich erkannte ich in der Ferne die Umrisse einer Brücke. Ich atmete auf. Ich ging langsamer. Ich erreichte die Brücke. Ich blieb stehen, hielt mich am Geländer fest und blickte auf den Fluss, der schwarz vor mir lag.

Jemand hatte mich geküsst. Genau hier. Ich drehte mich um und begann zu warten.

Mein achter Mord

Ich hatte einmal mehr mein Leben zu ändern versucht. Wie jede bessere Romanheldin hatte ich einen beliebigen Zug bestiegen, ohne mich darum zu kümmern, wo er mich hinbringen würde. Die Fahrt dauerte eine ganze Nacht und einen halben Tag. Ich stieg in einer schmutzigen, staubigen, sonnendurchglühten Kleinstadt aus. Nach ein paar Tagen hatte ich Arbeit im Supermarkt gefunden, an der Kasse. Obwohl ich Ausländerin war, keine Arbeitsbewilligung hatte und nicht einmal die Sprache richtig verstand. Die Zahlen sind überall dieselben. Ich bewohnte ein möbliertes Zimmer in einem baufälligen Haus. Die Straße war Tag und Nacht von Lärm erfüllt, Stimmen, Autohupen, Musik.

Eines Morgens war die ganze Häuserzeile von einem Gerüst überzogen. Arbeiter liefen über die wackligen Bretter und riefen sich Scherze zu. Ich trat aus der Haustüre und suchte in meiner Tasche nach Kleingeld für den Bus. Ich stand genau unter dem Gerüst. Ein Hagel obszöner Zurufe und Pfiffe traf mich völlig unerwartet. Ich nahm meine Tasche unter den Arm und lief mit gesenktem Kopf über die Straße. Ich stolperte, schwitzte, errötete. Abends, als ich nach Hause kam, war es nicht anders. Die Bauarbeiten nahmen kein Ende. Jeden Morgen betete ich, dass das Gerüst verschwunden sei und die Arbeiter mit ihm. Jeden Abend zögerte ich den Moment, nach Hause zu gehen, ein wenig mehr hinaus.

Die Tage im Supermarkt waren lang. Ich litt unter dem flimmernden Licht, der Klimaanlage und der Einsamkeit. Meine Kolleginnen sprachen kaum mit mir, warum auch, ich verstand sowieso nur ein paar Worte ihrer Sprache. Ich machte immer noch Fehler, und der Abteilungsleiter stand oft hinter mir, um mich zu kontrollieren und auf meine Schulter zu atmen.

An diesem Tag war es besonders schlimm. Er wich kaum von meiner Seite. Ich konnte ihn riechen. Natürlich stimmte meine Kasse abends nicht, und er zwang mich, länger zu bleiben, bis der Fehler gefunden war. Es war schon spät, als ich endlich gehen konnte, und immer noch heiß. Ich ging zu Fuß nach Hause. Es war nicht sehr weit. Mein Rücken schmerzte. Das Gerüst hatte sich an diesem Tag bis über das Haus gezogen, in dem ich wohnte. Müde stieg ich die Treppen hinauf und schloss meine Wohnungstüre auf. Es roch nach Farbe und nach Staub. Direkt vor meinem Fenster befand sich ein Brett, auf dem ein Farbkübel stand. Ich stellte meine Tasche auf den Tisch und packte ein paar Lebensmittel aus, die ich aus dem Supermarkt mitgenommen hatte. Das Verfallsdatum war schon abgelaufen. Ich aß Knäckebrot mit Schmelzkäse und Essiggurken. Dazu trank ich Wodka.

Ich nahm meine Wörterbücher und begann zu lesen. Ich wollte diese Sprache lernen, und etwas anderes fiel mir nicht ein. Es war heiß. Der Lärm ging mir an diesem Abend besonders auf die Nerven. Ich stand auf, um die Fensterläden zu schließen. Da sah ich ihn. Den Abteilungsleiter. Er stand auf der Straße und blickte zu meinem Fenster hinauf. Ich schlug die Läden zu. Der Lärm drang jetzt nur noch gedämpft in mein Zimmer. Ich saß eine Weile unbeweglich und starrte im Dämmerlicht vor mich hin. Dann schaltete ich das Licht an und zwang mich, weiterzulesen. An diesem Abend beendete ich den Buchstaben B.

Ich wachte auf, weil jemand neben meinem Bett stand und mir etwas zurief. In dieser fremden Sprache. Es war dunkel im Zimmer. Mit klopfendem Herzen setzte ich mich auf. Aber da war niemand. Es war noch früh. Der Wecker hatte noch nicht geklingelt. Ich brauchte eine Weile, um zu begreifen, dass die Stimmen von draußen kamen. Ich blickte auf die geschlossenen Läden und stellte mir vor, wie die Arbeiter auf dem Gerüst hin und her gingen, direkt vor meinem Fenster. Als ob sie mitten durch mein Zimmer gingen. Ich stand auf und zog mich an, in aller Eile und im Dunkeln. Ich verließ das Haus fluchtartig. Den Kopf zwischen die Schultern gezogen, lief ich dem Geschrei davon. Zwei Straßen weiter war das kleine Selbstbedienungsrestaurant, in dem ich jeden Morgen frühstückte. Das Lokal war schmuddlig und ungemütlich, aber an diesem Morgen fühlte ich mich dort zuhause. Ich trödelte herum, fuhr mit dem Finger über die klebrige Tischplatte, holte mir einen zweiten Kaffee und einen dritten. Ich kam zu spät zur Arbeit. Der Abteilungsleiter war nicht zufrieden. Ich musste die zwanzig Minuten nachholen, abends, natürlich. Als ich endlich nach Hause kam, war ich todmüde. Mein Zimmer erschien mir trostloser als gewöhnlich und schmutzig. Ich nahm einen Staublappen und wischte lange eigensinnig hin und her, bei Lampenlicht. Die Läden öffnete ich gar nicht erst. Ich wusste auch so, dass er unten auf der Straße stand und zu meinem Fenster hinaufblickte. An diesem Abend las ich keine halbe Seite. Dafür trank ich die Wodkaflasche leer.

In der folgenden Woche kam ich über den Buchstaben B nicht hinaus. Unter dem Spülbecken begannen sich die leeren Flaschen zu häufen. Jeden Morgen weckten mich die Stimmen vor meinem Fenster. Jeden Tag kam ich zu spät zur Arbeit, ich machte immer mehr Fehler. Jeden Abend wusste ich den Abteilungsleiter auf der Straße stehen. Dann kam der Tag, an dem er mir kündigte. Am selben Abend öffnete ich zum ersten Mal die Läden und beugte mich weit aus dem Fenster. Luft. Da stand er. Er hob die Hand und machte mir ein kleines Zeichen. Ertappt fuhr ich zurück. Ich setzte mich an den Tisch und schlug die Wörterbücher auf. Dabei war ich gar nicht mehr so sicher, ob ich die Sprache wirklich lernen wollte. Mein Blick rutschte über die Seiten, ohne etwas fest zu halten, ich blätterte unkonzentriert. B, C. Mein Magen knurrte. Ich hatte mich an diesem Abend nicht getraut, Lebensmittel aus dem Supermarkt mitzunehmen. Ich dachte daran, in das kleine Selbstbedienungsrestaurant zu gehen und ein Stück Käsekuchen zu essen. Das hatte ich oft getan. Ich klappte die Bücher zu, lehnte mich zurück und stellte mir den Käsekuchen vor. Heiß und fettig, mit einer hellbraunen Kruste und einer Tomatenscheibe, die am Tellerrand kleben würde. Aber da unten stand er. An ihm kam ich nicht vorbei. Ich trank mein Glas leer, löschte das Licht und legte mich ins Bett. Die Läden blieben offen. Ich lag lange und mit offenen Augen und starrte an die Decke. Ich hatte Hunger. Trotzdem war ich gerade dabei, einzuschlafen, als ich ein knarrendes Geräusch hörte.

Ich war sofort hellwach. Lautlos stieg ich aus dem Bett und schlich zum Fenster. Der Abteilungsleiter kletterte über das Gerüst zu meinem Fenster hinauf. Er bewegte sich schwerfällig, ab und zu stieß er gegen die Stangen und fluchte. Schon roch ich seinen Alkoholatem. Ich verknotete mein Nachthemd über dem Bauch, kletterte auf das Fensterbrett und wartete, zusammengekauert, sprungbereit. Ich hörte ihn keuchen. Näher kommen.

Er musste mich in meinem weißen Nachthemd gesehen haben. Es gab einen kurzen Kampf. Er versuchte, mich ins Zimmer zu stoßen. Ich versuchte auszuweichen. Ich stöhnte vor Angst. Es blieb mir nichts anderes übrig. Ich sprang auf das Gerüst, kauerte mich zusammen und klammerte mich mit beiden Händen an die Eisenstange. Er packte mich wie eine junge Katze am Nacken und schüttelte mich grob. Ich jammerte. Er stieß mich zurück. Ich hatte Angst. Er war über mir. Ich zog beide Beine an und stieß dann zu. Mit aller Kraft, die ich hatte. Ich traf ihn mitten in den Bauch. Im Fallen fluchte er noch einmal laut. Ich hielt mir die Ohren zu. Trotzdem hörte ich, wie er auf der Straße aufschlug. Es klang grauenhaft. Reflexartig hob ich den schweren, halb vollen Farbkübel auf und warf ihn hinter ihm her. Dann kauerte ich mich wieder zusammen, schlang die Arme um meine Knie und presste die Stirn dagegen. Meine Tränen tropften durch die Ritzen in den Brettern auf die Straße.

Letzte Pizza

Der Mann saß hinter seinem Schreibtisch und stapelte Zettel um, von rechts nach links und von links nach rechts. Er hob den Kopf, als Charlotte eintrat.

Eine Frau, sagte er.

Ja, sagte Charlotte, sieht man das nicht?

Doch.

Er verzog das Gesicht.

Haben Sie etwas gegen Frauen?

Er zögerte und spielte mit seinem Bleistift. Dabei warf er ihr einen kritischen Blick von unten zu. Schließlich drehte er den Bleistift um und wies mit der Spitze auf den zweiten Stuhl.

Setzen Sie sich.

Charlotte setzte sich.

Also, was ist jetzt?

Sie zündete sich eine Zigarette an. Ihre Haare waren mit einem grünen Band zusammengebunden und fielen wie ein dunkler Springbrunnen über ihr Gesicht. Der Mann seufzte.

Frauen! seufzte er. Mit Frauen ist alles so schwierig. Wenn ein Mann in mein Büro kommt, sehe ich auf den ersten Blick, was das für ein Typ ist: kompliziert oder schwerfällig oder frech. Männer kann ich einschätzen. Aber Frauen! Heute wirken die jungen Frauen alle so energisch. Und dann haben sie plötzlich Launen oder Liebeskummer oder das prämenstruelle Syndrom.

Seine Stimme klang übellaunig wie die eines Kindes.

Ich weiß nicht so recht. Können Sie überhaupt Auto fahren?

Charlotte drückte ihre Zigarette aus und stand auf. Sie strich sich mit den Handflächen über ihren Rock, um ihn ein bisschen länger zu machen. Ich kann Auto fahren, sagte sie freundlich. Und ich habe keinen Liebeskummer. Und ich kann sofort anfangen.

Der Mann legte den Kopf auf die Seite und entschied sich.

Also gut.

So wurde Charlotte Ausläuferin beim Pizzaservice. Natürlich hatte sie doch Liebeskummer. Aber sie ließ sich nichts anmerken. Sie war die schnellste Fahrerin der Truppe. Man teilte sie am Wochenende ein, man gab ihr die komplizierten Routen, die großen Bestellungen, die abgelegenen, nicht einfach zu findenden Adressen. Sie kurvte in dem kleinen grünen Wagen durch die Stadt und ließ das Radio dröhnen. Anfangs wurde sie in der Küche mit bewundernden Pfiffen empfangen und »Wie, schon zurück?«

Dann gewöhnte man sich daran. Sogar der Mann musste zugeben, dass sie die beste, schnellste und zuverlässigste Fahrerin war, die er je gehabt hatte. Trotzdem stellte er keine weiteren Frauen ein. Charlotte musste eine Ausnahme sein. Sie schien nie unter Launen zu leiden oder unter Liebeskummer oder dem prämenstruellen Syndrom.

Einzig die vorgeschriebene Mütze trug sie nicht, weil sie nicht auf ihre Springbrunnenfrisur gepasst hätte. Aber das sah jeder ein.

Charlotte hielt das Steuerrad mit einer Hand. Sie fuhr schnell. Sie summte mit dem Radio und rauchte, den Ellbogen ließ sie aus dem Fenster hängen. Der Abend war warm. Es war gegen zehn, ein Samstagabend im Juni.

Als sie zurückkam, wartete in der Küche schon die nächste Ladung.

Beeil dich, sagte der Junge, der die Pizzas fertig machte, drei Bestellungen, alle an der Langstraße. Kein Problem.

Charlotte nickte.

Kein Problem, sagte sie, ich hab' da mal gewohnt.

Umso besser.

Der Junge stapelte ihr die Pizzaschachteln in die Arme. Sie trug sie über den Hof zum Wagen, die Bestellzettel unters Kinn geklemmt. Die Luft war immer noch warm. Sie setzte sich seitlich in den Wagen, legte die Schachteln auf den Beifahrersitz und sah die Bestellungen durch. Mit dem linken Absatz klopfte sie auf das Pflaster. Die dritte Adresse war ihre eigene. Sie zog die Beine ein, schlug die Tür zu und fuhr los.

Langstraße 12. Drei Jahre lang hatte sie dort gewohnt. Jetzt nicht mehr. Martin Hellstab, Langstraße 12, jetzt wohnte jemand anderes dort. Eine Pizza mit Artischockenherzen, eine Pizza mit Kapern und Sardellen. Charlotte fuhr schneller denn je. Sie wusste, dass Martin keine Sardellen mochte. Also war die Pizza für jemand anderen. Für die andere. Die andere Frau. Die jetzt dort wohnte. Langstraße 12.

Artischockenherzen für Martin.

Sie warf die anderen Pizzaschachteln aus dem Fenster und fuhr direkt hin. Es war beinahe elf Uhr, als sie den Wagen direkt vor dem Haus parkierte. Obwohl sie sich beeilt hatte. Die Pizzas würden nicht mehr sehr heiß sein und nicht mehr sehr knusprig. Sie drückte die beiden untersten Klingelknöpfe, und die Haustüre sprang auf. Das hatte sie nicht vergessen. Genauso wenig wie alles andere. Die beiden Schachteln vor sich herbalancierend, stieg sie die vier Treppen hoch. Nichts hatte sich verändert, außer, dass sie nicht mehr dort wohnte, dafür jemand anderes. Eine andere Frau.

An der Wohnungstüre stand nur sein Name, aber das wollte nichts heißen, das war immer so gewesen, drei Jahre lang. Sie klingelte. Eine Weile hörte sie nichts, dann hörte sie seine Schritte. Er öffnete die Tür. Er war barfuß. Er trug ein altes T-Shirt und ein Handtuch. Ein blaues Handtuch um die Hüften geschlungen.

Na endlich, sagte er, und dann erst erkannte er sie und blinzelte.

Du?, sagte er und lächelte ein kleines schräges Lächeln, du???

Sie erinnerte sich noch an das Geschäft, in dem sie das Handtuch gekauft hatte.

Ja, ich.

Sie ließ die beiden Schachteln fallen und zückte ihr Messer.

Ich hab's doch geahnt, stöhnte der Mann, Frauen!

Mein neunter Mord

Zugfahren habe ich immer gehasst. Das endlose Rattern. Der Geruch. Die Menschen. Trotzdem bin ich ein Jahr lang mit dem Zug zur Arbeit in die Stadt gefahren. Morgens eine Stunde. Abends eine Stunde. Jeden Tag dieselben Gesichter. Jeden Tag dieselbe Landschaft, die unverändert an den Fenstern vorbeizog, hin und zurück.

Anfangs stand ich morgens um viertel nach sechs auf, duschte, zog mich an, frühstückte, packte meine Tasche zusammen und verließ das Haus rechtzeitig, um den Zug um sieben Uhr nulldrei zu erreichen. Der Zug war selten pünktlich. Ich stand vor dem Bahnhof und beobachtete mit zunehmendem Hass, wie sich täglich dieselben Gestalten auf dem Bahnsteig sammelten. Im Geiste begann ich, die Sitzplätze abzuzählen. Ich wusste genau, wo ich auf dem Bahnsteig warten musste, um in der Nähe einer Türe zu sein, wenn der Zug endlich einfuhr und hielt. Das wussten die anderen auch. So standen wir in dichten, regelmäßig verteilten Trauben, warteten sprungbereit und nahmen keine Notiz voneinander. Am schlimmsten war es im Sommer, wenn die Schule morgens früher begann und der ganze Zug voll abstoßend junger, hübscher, lauter Schüler war, die Bücher herumschmissen und Musik hörten.

Mit der Zeit stand ich morgens immer später auf, verzichtete auf das Frühstück, nicht aber auf die Dusche. Oft erreichte ich den Bahnhof erst in letzter Minute und mit noch nassen Haaren. Im Winter froren die Haarspitzen in der kalten Luft ein. Sobald ich in den Zug stieg, tauten sie wieder auf, und das Wasser tropfte mir in den Kragen und rann über meinen Nacken.

Der Zug war selten pünktlich. Eigentlich nie. Er fuhr durch die ganzen Vororte, hielt alle vier Minuten und sammelte neue Menschen ein. Immer mehr und mehr. Sie stauten sich in den Gängen, gähnten, rauchten, raschelten mit der Zeitung. Ich wohnte zum Glück weit genug draußen, um meistens noch einen Sitzplatz zu erwischen. Manchmal allerdings war der Zug schon überfüllt, wenn er in meinen Bahnhof einfuhr. Dann war der Tag für mich verdorben. Der Zug fuhr in die Stadt. Dort arbeitete ich an einem Telefon. Von acht bis halb sechs. Nach der Arbeit ging ich einkaufen. Ich musste mich beeilen. Den Zug um achtzehn Uhr elf erreichte ich immer nur knapp. Abends rechnete ich schon gar nicht mit einem Sitzplatz. Ich stand eingeklemmt im Gang, hielt meine Einkaufstüten umklammert und atmete durch den Mund. Abends waren die Gerüche noch weniger zu ertragen. Der ganze Tag eines Menschen klebte an seinem Mantel. Schultern stießen gegeneinander. Im Zug entwickelte ich Hassgefühle, die mich selber erschreckten.

Nach einem Jahr hatte ich genug von allem. Vom

Landleben, von meiner Arbeit, vor allem vom Zugfahren. Ich kündigte die Stelle, vermietete mein Zimmer an eine Kollegin weiter und fuhr in die Ferien. Mit dem Zug.

Allerdings mit dem Schlafwagen, erster Klasse. Ich freute mich sogar darauf. Für die Reise hatte ich mir wunderbare Koffer und Taschen in allen Größen gekauft, ein gepflegtes Picknick und einen Stapel Illustrierte eingepackt und mir die Haare hochgesteckt. Ich trug ein Kostüm von der Art, die allgemein als Reisekostüm bezeichnet wird. In meiner Handtasche befanden sich einzeln abgepackte Erfrischungstüchlein mit Zitronenduft. Ich hatte an alles gedacht. Ich war zufrieden mit mir.

Ich fühlte mich als Frau von Welt. Diese Zugfahrt wollte ich genießen. Voller Erwartung folgte ich dem Schaffner, der meine Koffer trug und mich zu meinem Abteil führte. Er schloss die Tür auf, und ich gab ihm ein großzügiges, im Voraus abgezähltes Trinkgeld. Das Abteil war enger, als ich es mir vorgestellt hatte. Auf dem unteren Bett saß eine ungeheuer dicke Frau, die den Raum beinahe ausfüllte. Damit hatte ich nicht gerechnet. Ich fühlte, wie sich mein Lächeln im Gesicht festkrallte.

Guten Abend, sagte ich unsicher und stellte mein Gepäck ab. Die dicke Frau seufzte.

Guten Abend ist das nicht eine grauenhafte Hitze man könnte meinen es sei Hochsommer haben Sie gesehen dass die Betten schon gemacht sind ich nehme das untere wenn es Ihnen recht ist mit meinem

Gewicht kann ich schließlich nicht mein Name ist Huwyler wo fahren Sie hin?

Während sie sprach, hatte ich unwillkürlich den Atem angehalten. In dem Moment, als ich die dicke Frau auf der Bettkante erblickt hatte, hatte ich gewusst, dass sie mir die Fahrt verderben würde. Meine Vorfreude war bodenloser Enttäuschung gewichen. Meine Mundwinkel zuckten leise, ich war nahe daran loszuheulen. Ich nahm mich zusammen. Nickte der Frau zu, murmelte meinen Namen, hievte meine Taschen ins Gepäcknetz. Versuchte, mich auf dem oberen Bett einzurichten. Ab und zu stieß ich mit dem Kopf gegen die Decke. Ich packte das Nachthemd aus, das ich extra für die Reise gekauft hatte, und legte es auf das Kissen. Da tauchte Frau Huwylers Gesicht am Bettrand auf. Es glänzte vor Neugierde.

Hübsches Nachthemd haben Sie da vielleicht ein bisschen gewagt aber das können Sie sich ja leisten mit Ihrer Figur echte Seide ist das aber nicht höchstens ein Gemisch.

Und schon griffen ihre Finger zu und zerrieben den dünnen Stoff mit unverhülltem Vergnügen. Ich musste mich beherrschen, um sie nicht auf den Handrücken zu schlagen. Ihr Atem ging leise pfeifend.

Hmmmm was für ein Stöffchen sicher nicht billig aber Sie haben ganz recht man ist nur einmal jung.

Ich riss ihr das Nachthemd aus der Hand. Schon hatte sie mir die Freude daran verdorben. Sorgfältig faltete ich es zusammen, versuchte die Stellen, die ihre Finger zerknüllt hatten, wieder glatt zu streichen. Ich würde diese Nacht im Unterrock schlafen.

Frau Huwylers Mäuseaugen blitzten ungerührt über den Bettrand. Sie füllte das Abteil mit ihrem Körper, ihrer Stimme, ihrer Selbstgefälligkeit und ihrem Geruch. Ich drückte meine Handtasche gegen den Bauch, murmelte eine Entschuldigung und kletterte die Leiter hinunter. Sie würde mein Gepäck durchwühlen und meine Zeitschriften lesen. Ich konnte kaum mehr atmen. Ich verließ das Abteil.

An einem offenen Fenster stehend, rauchte ich eine Zigarette, während der Fahrtwind meine Frisur löste. Tränen stiegen in meine Augen, ob vom Wind oder vom Rauch, war schwer zu sagen. Die Zigarette verursachte mir leichte Übelkeit. Ich warf sie aus dem Fenster. Ich hatte Hunger. Ich dachte an ein schönes Picknick. Hühnerbeine, Tomaten, russischer Salat, aber da war diese Frau. Ich schloss das Fenster und machte mich auf die Suche nach dem Speisewagen.

Der Speisewagen war überfüllt. Wie es das Schicksal wollte, fand sich nur noch ein einziger freier Platz, und zwar am Tisch eines gut aussehenden Herrn. Er erhob sich leicht und deutete eine Verbeugung an.

Augenniederschlagend und errötend setzte ich mich. Damenhaft meinen Hunger ignorierend, bestellte ich einen kleinen Salat. Der Tisch war so klein, dass sich unsere Teller berührten. Wir saßen zu nahe, um uns nicht zu beachten. Er wünschte mir einen guten Appetit, und so kamen wir ins Gespräch. Er hieß Joachim und hatte weiße Haare an den Rändern und war geschäftlich unterwegs. Er fuhr an den selben Ort wie ich. Vielleicht könnten wir uns wiedersehen.

Er sah gut aus. Er war höflich. Charmant. Was man wollte. Ein Mann wie aus einem Fotoroman ausgeschnitten und samt Sprechblase ins Tagebuch geklebt. Ein Mann, wie es ihn eigentlich nicht geben konnte. Nicht in meinem Leben. Ich akzeptierte einen Cognac, obwohl mein Magen immer noch leise knurrte. Als sich sein Gesichtsausdruck plötzlich veränderte, musste ich mich nicht umdrehen, um zu wissen, dass Frau Huwyler nahte.

Ach hier sind Sie hören Sie ich würde mich jetzt gern hinlegen und ich möchte nicht mehr geweckt werden vielleicht kommen Sie auch lieber mit.

Ihre Stimme dröhnte durch den Speisesaal. Die Gespräche verstummten.

Sie blieb vor unserem Tisch stehen und musterte mich herausfordernd.

Ich möchte nicht geweckt werden, wiederholte sie, ich brauche meinen Schlaf meine Gesundheit ist auch nicht mehr die beste und Sie kommen jetzt besser auch mit dann stören Sie mich nicht wenn Sie spät noch ins Abteil kommen.

Ihr Blick wanderte vielsagend von mir zu Joachim und wieder zurück.

Achso deshalb das hübsche Nachthemd jaja, murmelte sie.

Schamüberflutet erhob ich mich. Joachim zwinkerte mir verständnisvoll zu, und so schaffte ich es, halbwegs aufrecht hinter Frau Huwyler den Speisewagen zu verlassen. Blicke trafen mich in den Rücken. Ich stolperte vorwärts.

Wortlos betrat ich das Abteil, kletterte auf das obere Bett, zog Rock, Jacke und Bluse aus, die ich sorgfältig zusammenfaltete und am Fußende des Bettes aufeinander legte. Frau Huwyler unterdessen schälte sich keuchend und vor sich hin schwatzend aus ihren Kleidern. Ihr Geruch verdichtete sich mit jedem Kleidungsstück, das auf dem Boden landete. Ich konnte es kaum ertragen. Ich rüttelte am Fenster, doch es ließ sich nicht öffnen. Frau Huwyler hätte es, nebenbei bemerkt, auch gar nicht zugelassen. Ich kroch unter die Bettdecke, schloss die Augen und versuchte, gar nicht hier zu sein. Sie scheuchte mich noch ein paar Mal auf, um sich nach dem Fahrplan zu erkundigen, ein Taschentuch zu verlangen, meine Illustrierten zu kommentieren. Dann legte sie sich endlich hin. Nachdem sie bis jetzt beinahe ununterbrochen geredet hatte, unterließ sie es sogar, mir gute Nacht zu wünschen. Ich drehte mich zur Wand und zählte meine Atemzüge. Mit offenen Augen starrte ich im Dunkeln vor mich hin.

Ihr schwerer Atem verwandelte sich in Schnarchen. Röchelndes, unregelmäßiges Schnarchen. Ein seltsamer kleiner Laut kam über meine Lippen. Ich zählte von eins bis tausend und von tausend bis eins. Dann warf ich die Decke zurück, erhob mich leise und kletterte die Leiter hinunter. Im wechselnden Licht blickte ich auf diese Frau, die mir bis in den Schlaf meine Zugfahrt verdarb. Ich nahm das Reservekissen und presste es auf ihr Gesicht, bis das Schnarchen aufhörte. Den Rest der Nacht schlief ich ausgezeichnet.

Der Schaffner weckte mich rechtzeitig. Ich wusch mich, zog mich an und steckte mein Haar hoch. Ich nahm mein Gepäck und verließ das Abteil. Im Gang traf ich Joachim. Er lächelte verschwörerisch.

Die Nachbarin schläft noch?

Ja. Sie fährt noch weiter, soviel ich weiß.

Der Zug fuhr in den Bahnhof ein. Joachim verabschiedete sich höflich, noch bevor der Zug ganz still stand. Er hatte es eilig, aber er würde mich in meinem Hotel anrufen.

Er hat es nie getan.

Der siebte Himmel

Ich wohne im siebten Himmel.

Eigentlich müsste man natürlich sagen, im siebten Stockwerk, aber das klingt nicht annähernd so schön und drückt auch nicht das aus, was ich für meine Wohnung empfinde. Naja, Wohnung, um ehrlich zu sein, handelt es sich mehr um ein Zimmer, neun Quadratmeter mit einem kleinen Fenster zum Müllschacht. Toilette auf dem Flur. Das ist natürlich keineswegs eine Umgebung für eine Dame. Ich muss auch gestehen, dass ich selber ziemlich schockiert war, als ich das Zimmer zum ersten Mal sah, aber damals hatte ich keine andere Wahl, und heute habe ich mich daran gewöhnt. Unterdessen lebe ich zwölf Jahre hier. Im siebten Himmel.

Anfangs hatte ich besondere Mühe mit der Toilette. Es fiel mir furchtbar schwer, nachts im Morgenrock auf den Flur hinauszutreten, in dem schwachen Licht den Schlüssel zu suchen, immer in der Angst, es könnte besetzt sein, ich müsste warten und jemand könnte mich sehen in meinem eleganten Morgenmantel, mit meinen Schwanenfedernpantöffelchen, die so gar nicht hierhin passten. Ich begann, unter Verstopfung zu leiden. Ich lag nachts wach und lauschte auf Geräusche. So konnte es nicht weitergehen.

Schließlich redete ich mir ganz einfach ein, der Flur und die Toilette gehörten zu meiner Wohnung. Und siehe: es funktionierte. Mehr brauchte es nicht. Ich fühlte mich sofort viel wohler, und meine Verdauung normalisierte sich, als ich mich wieder traute, auf der Toilette russische Romane zu lesen.

Somit wäre alles in Ordnung gewesen. Ich begann mich mit dem Gedanken abzufinden, wohl etwas länger als vorgesehen in diesem Zimmer bleiben zu müssen. Meine Mittel sind ziemlich beschränkt, ebenso meine praktischen Fähigkeiten, was sich aus meinem früheren Lebenswandel erklären lässt. Ach ja, früher! Früher!

Doch dann hatte ich die ersten Zusammenstöße mit den anderen Bewohnern des siebten Stockwerkes. Hier unter dem Dach gibt es acht Zimmer wie meines. Acht Menschen, die nachts die Toilette aufsuchen wollten, während ich daselbst russische Romane las. Es kam zu äußerst unerfreulichen Szenen, es wurde gegen die Türe gepoltert und geschimpft, und ich kann Ihnen versichern, dass die Menschen hier oben keine sehr gewählte Sprache sprechen! Ein paar Mal musste ich die Toilette beinahe fluchtartig verlassen und unter einem Hagel von Flüchen und wütenden Blicken in mein Zimmer huschen. Einmal wurde ich sogar von einem grobschlächtigen, dunklen Kerl am Arm gepackt und offen bedroht. Ich wäre vor Schreck beinahe ohnmächtig geworden! Ich riss mich los, rannte in mein Zimmer und verschloss die Tür hinter mir. Dann brach ich in Tränen aus. Plötzlich sah ich alles so deutlich: meine unwürdige Situation, das schäbige, winzige, düstere Zimmer, das ganze Elend.

Vielleicht muss ich doch erklären, wie ich in den siebten Himmel gekommen bin.

Ganz einfach: Die Treppe hoch. Stockwerk für Stockwerk. Die Wahrheit ist, dass ich immer schon in diesem Haus gelebt habe. Es ist ein vornehmes, altmodisches Wohnhaus mit einer riesigen, sehr schönen Eingangshalle. Im ersten Stock befindet sich eine einzige, herrschaftliche Wohnung mit einer Flut unnützer Zimmer: verschiedene Salons in verschiedenen Farben, Herrenzimmer, Rauchzimmer, zwei Bibliotheken, Anrichte, Ankleide und so weiter. In dieser wunderbaren Wohnung verbrachte ich eine vergleichsweise unbeschwerte Kindheit.

Im zweiten Stockwerk sind es schon zwei große Wohnungen. In einer davon wohnte ich, als ich mit dem russischen Diplomatensohn Hervé Maximov (er hieß tatsächlich so!) verheiratet war. Leider ergab er sich dem Wodka und ich mich den russischen Romanen, sodass unsere Verbindung kinderlos blieb. Durch meine Lektüre verdorben, verliebte ich mich schon bald, und zwar in den jungen Hauslehrer der Kinder meiner Schwester, die mit ihrer Familie in der anderen Wohnung auf diesem Stockwerk lebte. Er hieß Emil ... Nein, Eugen ... Nein, wie hieß denn der junge Mann noch gleich? Eduard? Egon? Emerich?

Ich weiß es nicht mehr. Ich weiß es nicht mehr!

Wie auch immer, der junge Mann war romantisch, schüchtern, gebildet, er hatte zarte Hände und war mein Verderben. Denn natürlich wurden wir eines Nachmittags von meinen unerträglichen Neffen erwischt, es gab einen fürchterlichen Skandal, und ich wurde von meiner Familie verstoßen. Hervé Maximov reiste empört und beleidigt nach Paris, um dort den traditionsreichen Beruf eines Taxifahrers zu ergreifen, was schon immer sein Traum gewesen war. Ich sah ihn niemals wieder, weder ihn noch meine Mitgift noch überhaupt einen roten Heller. Meine Schwester hatte als Entschädigung für die brüskierten Seelen ihrer Kinder meine Wohnung annektiert, und so stand ich auf der Straße.

Diesen unerfreulichen Beruf übte ich allerdings nicht länger als eine Woche aus. Wie das Schicksal so spielt, wurde ich eines Abends von einem alten Freund meines Vaters angesprochen, der vor Schreck beinahe sein Gebiss ausspuckte. Er nannte mich »mein armes Kind« und lud mich zum Essen in seinen Club ein, was er auch gefahrlos tun konnte, da ich immer noch ganz wie eine Tochter aus gutem Hause wirkte. Auf diplomatischen Umwegen überzeugte er meine Familie, mir zu verzeihen und mich wieder aufzunehmen. Das tat sie auch, aber ich musste zwei Stockwerke überspringen.

So landete ich in einer bürgerlichen, aber immer noch anständigen Dreizimmerwohnung im fünften Stockwerk. Damit war ich bereits im schäbigeren oberen Teil des Hauses angelangt. Das sieht man schon an der Treppe: von der feudalen Halle bis in den zweiten Stock liegt ein roter Teppich mit goldenen Leisten auf den marmornen Stufen, und das Geländer ist poliert. Vom zweiten bis in den vierten Stock wird die Treppe ein bisschen schmaler, der Teppich fehlt, und das Geländer ist matt.

Danach ist es nur noch eine schmale, schief getretene Holztreppe mit einem rauen Geländer, von einer nackten Glühbirne beleuchtet. So weiß man immer genau, wo man steht. Im Haus, in der Gesellschaft. Es ist alles dasselbe.

Der Freund meines Vaters litt sehr unter diesem gesellschaftlichen Abstieg, der mit dem allabendlichen Aufstieg in meine Wohnung verbunden war. Er litt ehrlich darunter, denn er war durch und durch ein Kavalier der alten Schule. So betrank er sich jedes Mal gründlich in der Bibliothek meines Vaters, bevor er sich unter einem nichtigen Vorwand frühzeitig verabschiedete und schwerfällig die immer schäbiger werdenden Stufen erklomm, um sich keuchend in meine Arme zu werfen. Kein Wunder, dass ihn eines Nachts der Schlag traf.

Dieser zweite Skandal war noch schlimmer als der erste, denn diesmal ging es immerhin um »einen von uns«, und um einen Toten noch dazu. Dummerweise hatte ich in meiner Verzweiflung versucht, ihn wieder anzukleiden und in einer unverfänglichen Position auf dem Lehnstuhl zu arrangieren. Dabei hatte ich mich aber so ungeschickt angestellt, dass man mich prompt des Mordes verdächtigte. Ich wurde verhaftet und verbrachte zwei Nächte in einer Zelle, bis man herausfand, dass der väterliche Freund eines natürlichen Todes gestorben war.

Meine armen Eltern sahen nun keinen anderen Weg mehr, als mich in eine Heilanstalt einweisen zu lassen. Ohne Schwierigkeiten konnten sie den Arzt von dieser Notwendigkeit überzeugen, der ja meine Abenteuer seit frühester Kindheit mitverfolgt hatte. Er beschränkte sich darauf, der Anstaltsleitung mein Leben zu schildern, was diese davon überzeugte, dass ich nicht normal sein konnte. Zwei Jahre blieb ich dort. Es war gar nicht so schlimm. Die Anstalt hatte einen hübschen Garten, ich ging spazieren, flirtete mit den Ärzten und las die russischen Romane, die ich mir schicken ließ. Besucht hat mich allerdings in den ganzen zwei Jahren niemand. Wenn man bedenkt, dass ich ja nur das Beste gewollt hatte und dass das alles nur passiert war, weil ich die Gefühle meiner (und seiner!) Familie hatte schonen wollen, kommt es einem nicht ganz gerecht vor. Aber was heißt schon gerecht! Aus dieser Zeit stammen übrigens meine Verdauungsstörungen. Dann kamen meine Eltern bei einem Zugunglück ums Leben. Natürlich hatten sie mich enterbt. Aber ein Rest von Verantwortungsgefühl und vielleicht auch schlechtem Gewissen ließ sie verfügen, dass ich ein lebenslanges Wohnrecht in diesem Haus haben sollte.

Und so landete ich endlich im siebten Himmel. Das ist jetzt zwölf Jahre her. Meine Schwester ist gestorben, und die grässlichen Neffen, die mir den Schock einer verfrühten und allzu realistischen Aufklärung nie ganz verziehen haben, regieren das Haus. Sie haben alles umgebaut, es gibt jetzt sehr viel mehr Wohnungen als früher, aber immer noch werden sie nach oben immer schäbiger. Im siebten Stockwerk wohnen Gastarbeiter, Arbeitslose, Säufer. Und ich, die ruchlose Tante. Eigentlich habe ich mich schnell eingelebt. Nach den anfänglichen Schwierigkeiten beschloss ich einfach, die widrigen Umstände zu ignorieren und zu leben wie im bel étage. Acht Zimmer ohne Küche, ohne Bad, ohne Teppich, ohne Licht … Es erfordert schon einige Fantasie. Auch Autorität gegenüber den Mitbewohnern, die ich in meinem Leben zu Bediensteten umfunktioniert habe. Sie sind natürlich ganz unmöglich, aber was kann ich tun? Dabei verlange ich nicht viel. Ich habe versucht, sie daran zu gewöhnen, mich »gnädige Frau« zu nennen, und einige von ihnen tun es sogar. Andere nennen mich lieber »Schlampe«, »alte Vettel« und so weiter.

Nachts gehe ich durch den Flur und trete gegen die Türen. Manchmal springt eine auf, die schlecht verriegelt oder nur angelehnt ist (obwohl das immer seltener vorkommt). Ich räuspere mich, verlange, dass man mir Tee bringt oder Gurkensandwiches oder dass man mir beim Auskleiden behilflich ist. Gewöhnlich werde ich beschimpft, am Arm gepackt und aus dem Zimmer geworfen, manchmal lande ich auch auf einer schmutzigen Matratze. Eine Zeit lang hat eine sehr nette, ältere Dame hier gewohnt, die auf alle meine Wünsche einging. Ich habe sie in meinem Testament bedacht, aber sie ist vor mir gestorben.

Wenn mir der Schmutz, die Unhöflichkeit zu viel werden, dann räche ich mich, indem ich meinen Stuhl auf den Flur hinauszerre und den ganzen Tag dort sitzen bleibe, sodass sie über mich hinwegklettern müssen. Oder ich schließe mich mit Wolldecken, Thermosflasche und Oblomow auf der Toilette ein und bleibe, wenn es sein muss, tagelang.

Ich glaube, die anderen Bewohner des siebten Himmels haben sich an mich gewöhnt. Allerdings habe ich gehört, dass sich dieser grobschlächtige, schwarze Kerl und eins der frecheren Mädchen bei meinen Neffen beschwert haben.

So geht es nicht mehr weiter, haben sie gesagt, die Alte muss verschwinden.

Die Neffen haben ernst genickt und versprochen: Keine Sorge. Sie wird gehen.

Ich frage mich nur, wie sie das gemeint haben. Weiter hinauf geht es ja nicht.

Außer … Sie werden mich doch nicht auf den Dachboden sperren?

Mein zehnter Mord

Ruf mich doch an. Der Satz hallte in meinem Kopf. Mit Echo. Ruf mich doch an an an. Die Dorfstraße lag ausgestorben vor mir in der bleiernen Hitze. Ich ging langsam und mit regelmäßigem Schritt vorwärts.

Ruf mich doch an. Versprich es.

Weiter unten an der Dorfstraße stand eine einzelne Telefonkabine. Jeden Tag war ich mindestens vier Mal daran vorbeigegangen. Scheinbar ungerührt. Jedes einzelne Mal war mir wie ein Sieg vorgekommen. Ich war drauf und dran, den Verstand zu verlieren. Ich konnte mich nicht erinnern, je in einem ähnlichen Zustand gewesen zu sein.

Pass doch auf, zischte ich durch die Zähne, pass doch auf.

Er hieß Peter, wie der Freund von Heidi, Peter, und war zehn Jahre jünger als ich. Wir hatten uns vor ungefähr zwei Monaten auf die romantischste Weise kennen gelernt. Er hatte an meiner Tür geklingelt, um meine Meinung über verschiedene Waschmittelmarken zu erfahren. Ich gebe meine Wäsche seit Jahren in eine Wäscherei. Trotzdem bat ich ihn in die Wohnung.

Setzen Sie sich doch.

Er setzte sich auf das Sofa, nahm Fragebogen und

Notizblock aus seinem bunten Rucksack, legte beides auf seinen Knien bereit und blickte mich erwartungsvoll an. Er hatte ein offenes, sauberes Gesicht. Helle Augen. Zerzauste Haare. Ganz der nette Junge von nebenan. Ich stand immer noch und wusste nicht recht. Lächelte mehr gegen meinen Willen.

Ich gebe meine Wäsche in eine Wäscherei, schon seit Jahren, sagte ich, tut mir Leid. Zum Thema Waschmittel habe ich wohl nicht viel zu sagen … Aber …

Enttäuschung zog über sein Gesicht und verdunkelte es für einen Augenblick.

Ich bot ihm einen Kaffee an.

Ohne seine Antwort abzuwarten, ging ich in die Küche, schaltete die Kaffeemaschine an und klapperte mit den Tassen. Ich fühlte mich aufgeräumt und auf alles gefasst. Trotzdem dachte ich mir nichts dabei, diesem Jungen einen Kaffee anzubieten.

Ich war vor drei Jahren in diese Gegend zurückgezogen. Nicht gerade in das Dorf, aus dem ich stammte, aber in die nächste größere Stadt. Ich hatte eine Wohnung gemietet, die mir gefiel, und sie für die Ewigkeit eingerichtet. Ich war selbstständig und verdiente ziemlich gut. Ich lebte zurückgezogen, versuchte, mich ein wenig zu bilden, Bücher zu lesen. Ich war recht zufrieden. Es ging mir besser als jemals zuvor. Ich lebte mein Leben selber. Und dann kam er.

Als ich mit dem Tablett und den Kaffeetassen zurückkam, hatte er seinen Block und seinen Fragebogen wieder im Rucksack verstaut und die Hände um die Knie geschlungen.

Ich heiße Peter, sagte er.

Ich senkte den Blick und konzentrierte mich auf die Kaffeetassen, damit er mein Lächeln nicht sah.

Peter, wiederholte ich, das ist ein hübscher Name.

Er sah mich unverwandt an.

Möchten Sie ein Stück Schokolade, fragte er.

Sehr gern.

Er wühlte in seinem Rucksack und legte eine angebrochene Tafel Milch-Nuss auf den Tisch. Ich brach einen Riegel ab und schob ihn mir in den Mund. Wir tranken den Kaffee und plauderten eine Weile leicht daher. Ich fühlte mich wohl und achtete gar nicht darauf, ob die Zeit verging oder nicht. Bis er plötzlich sagte:

Schon halb vier. Ich möchte Sie heiraten.

Wie, schon? – Was – was sagen Sie??

Ich möchte Sie heiraten. Ich liebe Sie.

Ich sprang auf und stieß dabei gegen den Tisch, dass die Kaffeetasse überschwappte.

Das reicht, sagte ich scharf, raus jetzt.

Er stand auf und ging zur Tür. Dort drehte er sich um.

Ich meine es ernst, sagte er sanft und ging.

Ich kletterte auf das Sofa, kauerte mich in eine Ecke und aß gedankenverloren die restliche Schokolade auf. Ich war zutiefst verwirrt.

Er schickte mir Blumen. Er schrieb mir Karten. Er rief mich an. Schließlich lud er mich zum Essen ein. Ich sagte erst nein und dann ja und ging hin mit dem Vorsatz, ihm eine Rede zu halten, die ich extra vorbereitet hatte. Eine kühle und vernünftige und endgültige Rede. Doch dann vergaß ich sie. Es war ein schöner, heller Abend. Wir verstanden uns. Was immer der eine sagte, der andere antwortete unausweichlich mit »ich auch«. Er brachte mich zum Lachen. Ich fühlte mich wohl mit ihm. Bis mir eine Gräte im Hals stecken blieb. Ich hustete, keuchte, würgte, stopfte mir weißes Brot in den Mund. Nichts half. Peter ließ den Notarzt kommen. Er fuhr mit mir ins Krankenhaus und ließ die ganze Zeit meine Hand nicht los. Als alles vorbei war, küsste er mich. Er musste es wirklich ernst meinen.

Am übernächsten Tag fuhr ich in die Ferien. Ich ergriff die Flucht. Anders konnte man es nicht nennen.

Und da saß ich nun auf einem weit abgelegenen Zeltplatz irgendwo im Süden und litt unter der Hitze und unter den Mücken und unter den Nachbarn und unter dem regelmäßigen Aufschlagen der Tennisbälle. Selbst das Zirpen der Zikaden ging mir auf die Nerven. Die meiste Zeit saß ich trotz glühender Hitze in meinem Zelt, unfähig, mich zu irgendeiner Tätigkeit zu entschließen. Ich blätterte alte Mickymaushefte durch oder zupfte mit einer Pinzette überflüssige Haare auf meinen Beinen aus. Meine innere Uhr tickte unaufhörlich, noch drei Wochen und fünf Tage, noch drei Wochen und vier Tage, noch drei Wochen und drei Tage ... Mehrmals täglich ging ich ins Dorf, um etwas zu trinken oder Zigaretten oder eine Zeitung zu kaufen. Auf der linken Straßenseite, am Eingang des Dorfes, stand eine einzelne Telefonkabine.

Nein, nein, nein.

Ich würde nicht anrufen. Nicht heute. Außerdem hatte ich kein Kleingeld. Aber ich würde auch dann nicht anrufen. So brachte ich Tag für Tag hinter mich wie ein ehemaliger Trinker. Ich würde ihn nicht anrufen. Ich würde ihn nicht einmal wiedersehen. Ich konnte es mir nicht leisten, mein so empfindliches und so hart erkämpftes Gleichgewicht aufs Spiel zu setzen. Nicht für einen Jungen, der behauptete, er liebe mich. Nicht für Peter. Was für ein Name.

Genüsslich malte ich mir aus, wie er schon langsam dabei war, mich zu vergessen. Nein. Ich würde nicht anrufen.

Nach zwölf Tagen überzog sich mein Körper mit juckendem Ausschlag. Sonnenallergie. Am dreizehnten Tag ging ich ins Dorf und ließ mir die Haare blond färben. Das Ergebnis war katastrophal. Umso besser. Ich litt noch ein paar Tage, kämpfte. Am siebzehnten Tag gab ich auf. Ich beschloss, anzurufen. Jetzt. Sofort. Beim bloßen Gedanken fühlte ich mich schon sehr viel besser. Der Ausschlag hörte auf zu jucken, und als ich in eine Fensterscheibe blickte, glänzte mein Haar golden in der Sonne. Ich ließ mir mein ganzes Geld in Münzen wechseln, nahm meine Tasche und ging ins Dorf.

Die Straße lag erledigt in der Mittagshitze. Das

Dorf war still. In meinem Kopf rührte sich nichts mehr. Mein Herz klopfte mit meinen Schritten. Laut und regelmäßig. In meiner Tasche klimperte das Geld. Immer wieder schnappte ich nach Luft. Von weitem sah ich die Telefonkabine in der Sonne blinken. Als ob sie mir ein Zeichen gäbe. Als ob freundlich gesinnte Außerirdische sie auf meinen Weg gestellt hätten. Ich hatte sie schon beinahe erreicht, als von hinten mit rasender Geschwindigkeit ein Lieferwagen heranbrauste, mich beinahe über den Haufen fuhr und mit quietschenden Reifen schräg vor der Kabine zum Stehen kam. Ein dicklicher junger Mann in einem orangefarbenen Unterhemd sprang aus dem Wagen und in die Telefonkabine. Er schlug die Türe hinter sich zu. Das Hemd hing ihm hinten aus der Hose. Ich konnte es nicht fassen. Ich konnte es einfach nicht glauben. Nachdem ich mich endlich entschlossen hatte, meinem Leiden ein Ende zu machen und ihn anzurufen, war jeder weitere Aufschub unerträglich. Und sei es nur eine einzige Minute. Ich ging auf die Telefonkabine zu und hämmerte ein bisschen dagegen. Der Mann schien mich nicht einmal zu bemerken. Ich trat gegen die Tür, riss sie schließlich auf.

Ich muss dringend telefonieren, rief ich in die Kabine hinein.

Der Mann sah mich nicht einmal an. Unmissverständlich riss er mir die Tür aus der Hand und schlug sie zu. Er war stämmig, verschwitzt und offensichtlich wütend. Sein Lieferwagen stand mit weit offenen Türen und laufendem Motor mitten auf der Straße, doch das hatte nichts zu bedeuten. Ich sah, wie er Berge von Münzen vor sich aufhäufte und nach Größe sortierte, während er sprach, und ich wusste, es würde ein langes Gespräch werden. Ein unerträglich langes. Ich war völlig verstört.

Drei, vier Mal umkreiste ich die Kabine mit knirschenden Zähnen. Er brüllte ungerührt weiter ins Telefon. Allem Anschein nach sprach er mit seiner Mutter.

Ich kletterte in den Lieferwagen und drückte auf die Hupe, immer wieder. Er drehte sich um und drohte mir mit der Faust. Dann brüllte er weiter.

Das glaubst du doch nicht im Ernst, Mama, brüllte er.

Da schlug ich die Türe zu, fuhr ein kleines Stück zurück und dann mit Vollgas auf die Telefonkabine zu. Er blickte erst auf, als es schon zu spät war. Im Rückspiegel sah ich einen großen orangefarbenen Fleck in einem riesigen Scherbenhaufen. Verbogene Eisenstangen ragten wie Käferbeine in die Luft. Ich drehte den Rückspiegel ein wenig mehr zu mir, sodass ich meinen Lippenstift kontrollieren konnte, presste die Lippen ein paar Mal aufeinander und fuhr weiter.

Ich fuhr den ganzen restlichen Tag und die halbe Nacht durch und war gegen vier Uhr morgens zu Hause. Als ich die Wohnungstür aufschloss, hörte ich das Telefon klingeln.

Rosen

Meine Leidenschaft für weiße Rosen war mein Verhängnis. Ich liebe weiße Rosen, ich liebe Kleider mit tiefen, spitzenbesetzten Ausschnitten, ich liebe Champagner und Tränen der Rührung, kurz, ich habe in meinem Leben zu oft geheiratet. Und?

Kann man nicht heiraten, so oft man will? War nicht Elizabeth Taylor sieben- oder achtmal verheiratet, davon zweimal mit demselben Mann? Das ist etwas anderes. Ich selber war nur zweimal verheiratet. Der Unterschied zwischen mir und Liz Taylor ist, dass ich meine verschiedenen Ehen nicht nacheinander, sondern gleichzeitig führte. Das nennt man Heiratsschwindel, und es ist, so viel ich weiß, sogar strafbar.

Das erste Mal war ich noch sehr jung. Noch nicht einmal zwanzig. Tony und ich kannten uns, seit wir kleine Kinder waren. Wir waren gleich alt. Er wohnte in derselben Straße. In der Schule saßen wir hintereinander. Er bewarf mich mit Bleistiften und zog an meinen Haaren. Zu meinem zehnten Geburtstag schenkte er mir einen blauen Glasring in einer Kaugummikugel aus dem Automaten. Von diesem Tag an stand für uns fest, dass wir heiraten würden. Wir waren ein schönes Paar, jeder sagte es. Und wir waren auch durchaus glücklich. Es war eine wunderschöne Hochzeit. Dreihundert Menschen tanzten auf dem Dorfplatz, und ich trug eine Kopie des Hochzeitskleides von Prinzessin Anne. Meine Mutter weinte. Seine Mutter weinte. Alle waren betrunken. Am nächsten Morgen wachte ich sehr früh auf. Ich lag neben Tony in einem Bett, das noch nicht einmal ganz uns gehörte. Ich hörte ihm beim Atmen zu und dachte, schade, das war's schon. Jahrelang hatte ich mich auf diesen Tag gefreut, der so rasend schnell vergangen war. Ich betrachtete Tonys Gesicht, das im Schlaf noch jünger wirkte, und tröstete mich mit dem Gedanken an die Hochzeitsreise. Vier Tage Venedig, ganz wie es sich gehörte.

Tony konnte die Papeterie von seinem Onkel übernehmen. Sie lag direkt hinter dem Bahnhof an der Hauptstraße. In den oberen beiden Geschossen wohnten wir. Das war sehr praktisch für mich. Ich arbeitete gern im Laden, vor allem samstags, wenn viel Betrieb war. Zwischendurch lief ich immer wieder nach oben, um nach den Kindern zu sehen. Wir haben drei Kinder: Susanne, Michael und Barbara. Als meine Schwiegermutter siebzig wurde, fand ich keine passende Glückwunschkarte in unserem Sortiment und malte deshalb selber eine. Am nächsten Morgen fragten zwei Frauen nach ähnlichen Karten. Ich begann also, Karten für verschiedene Anlässe zu malen, die sich ziemlich gut verkauften. Mein früherer Klavierlehrer brachte mich auf die Idee, die Karten einem Verlag anzubieten. Vielleicht könnten sie in Serie gedruckt werden. Bei dem Gedanken wurde ich ganz kribbelig. Aber ich traute mich nicht, anzurufen. Nach ein paar Wochen verlor der Klavierlehrer die Geduld und traf eine Verabredung für mich. Und so fuhr ich in die Stadt und lernte Eric kennen.

Es war ein kalter und düsterer Tag im Januar, es war kurz nach Barbaras Geburt. Ich war noch blass und müde. Im Zug blätterte ich immer wieder meine Zeichnungsmappe durch und fand alle Entwürfe furchtbar. Kitschig, naiv, stümperhaft. Als der Zug in den Bahnhof einfuhr, wäre ich am liebsten einfach sitzen geblieben und wieder in mein Dorf zurückgefahren. Ich hatte Angst. Ich war schon lange nicht mehr in der Stadt gewesen und verirrte mich auf dem Weg zum Verlag. Ich wurde immer nervöser. Nicht nur waren meine Zeichnungen schlecht, sondern ich würde mich auch noch hoffnungslos verspäten.

Völlig aufgelöst betrat ich das Verlagsgebäude. Nahe daran, zu heulen oder wegzulaufen. Eric erwartete mich in seinem Büro. Er war ungefähr doppelt so alt wie ich. Seine Augen waren so grau wie sein Haar. Über den Rand seiner halben Brille hinweg blinzelte er mir zu. Ich setzte mich auf ein Sofa, um gleich wieder aufzuspringen und nervös auf und ab zu gehen. Eric warf mir einen durchdringenden Blick zu, wischte meine Entschuldigungen mit einer Handbewegung weg und sah sich meine Entwürfe an. Er fand sie großartig und sehr originell.

Das wird sich wunderbar verkaufen, sagte er begeistert, darf ich Sie zum Mittagessen einladen? Vier

Monate später heirateten wir. Diesmal war alles ganz anders. Wir heirateten auf dem Standesamt, und ich trug einen Blumenkranz im Haar wie Romy Schneider. Seine Eltern waren nicht gekommen, weil sie nicht mehr lebten, und meine natürlich sowieso nicht. Im Standesamt drängten sich nur Erics Freunde, die alle schon ziemlich viel getrunken hatten. Sie warfen mit Gummibärchen und Popcorn um sich und ließen Champagner überschaumen. Ich war die einzige, die weinte. Ich liebe eben Hochzeiten. Nachher lud Eric sämtliche Anwesenden in ein Restaurant ein, das gerade in Mode war. Er kannte alle diese Orte. Es kamen sogar Leute mit, die eigentlich zu anderen Hochzeitsgesellschaften gehörten. Es war laut, es war fröhlich, es wurde viel getrunken, geredet, gelacht und ein wenig getanzt. Leider mussten wir auf die Hochzeitsreise verzichten.

Montag, Dienstag und Mittwoch lebte ich mit Eric in seiner wunderschönen Dachwohnung ganz ohne Wände mitten in der Stadt. Tony hatte ich gesagt, man hätte mir eine gut bezahlte Stelle in dem Verlag angeboten. Er war froh darüber. Seit der Supermarkt im Dorf auch Briefpapier und Ähnliches anbot, lief die Papeterie nicht mehr so gut. Er verstand auch, dass ich unmöglich morgens und abends zwei Stunden Zug fahren konnte und deshalb lieber in der Stadt übernachtete. Donnerstag, Freitag, Samstag lebte ich mit Tony und den Kindern. Die Sonntage versuchte ich möglichst gerecht aufzuteilen. Eric hatte ich gesagt, ich wolle das Atelier auf dem Land nicht aufgeben, weil ich nirgendwo so gut arbeiten könne. In Wirklichkeit arbeitete ich im Zug. Und ich wurde immer besser und immer sicherer und begann wirklich, Geld zu verdienen.

Drei Tage in der Woche lebte ich das Leben, das ich mir immer gewünscht hatte: als zufriedene Hausfrau und Mutter in dem Dorf, in dem ich aufgewachsen war und in dem mich jeder kannte und auf der Straße grüßte. Mit dem Mann, den ich immer geliebt hatte, der sich von mir den Rücken massieren ließ und meine Kochkünste lobte und mit den Kindern Drachen steigen ließ oder Eisenbahnschienen quer durch die Wohnung legte.

Drei Tage in der Woche lebte ich mit Eric, der sich für meine Zeichnungen interessierte, mich in nächtelange Diskussionen verwickelte, mit mir ins Theater ging und ins Kino und in Bars und lauter Dinge anstellte, von denen ich keine Ahnung hatte. Meine beiden Leben waren so verschieden, dass ich das eine im anderen fast völlig vergaß. Trotzdem kam es nach beinahe sieben glücklichen Jahren zur Katastrophe. Die weißen Rosen waren schuld daran.

Es war an meinem dreißigsten Geburtstag. Beide, Tony und Eric, hatten meinen Geburtstag wiederholt vergessen. So ging ich aus Trotz an diesem Abend mit einer Bekannten essen. Wir hatten uns ein paar Mal im Zug getroffen und uns gut unterhalten. Sie hieß Hildegard. So sah sie aber nicht aus. Sie wusste nichts über mich. Wir verbrachten einen sehr fröhlichen Abend. Wir verstanden uns wunderbar.

Nach einem endlosen Essen gingen wir zusammen tanzen, was ich seit Jahren nicht mehr getan hatte. Weder Tony noch Eric konnten tanzen, und ich hatte ganz vergessen, wie gern ich es tat. Ich muss sehr müde und sehr betrunken gewesen sein. Als wir im Morgengrauen auf der Straße standen, eine letzte Zigarette rauchten und nach einem Taxi Ausschau hielten, wusste ich plötzlich nicht mehr, wo ich wohnte. So übernachtete ich bei ihr. Bei Hildegard.

Am nächsten Tag (es war ein Donnerstag) hatten zwei Männer ein schlechtes Gewissen. Tony beunruhigte sich als erster, als ich nicht mit dem üblichen Frühzug nach Hause kam. Eric machte sich erst Gedanken, als er sich gegen Mittag an meinen Geburtstag erinnerte. So brach er zum ersten Mal unsere stillschweigende Abmachung, dass er mich nicht im Atelier besuchen sollte, kaufte dreißig weiße Rosen, lernte Ausreden auswendig und stieg in den Zug. Als er in meinem Dorf ausstieg, sah er Tony auf dem Bahnsteig stehen und warten, mit einem Strauß Rosen in der Hand. Dreißig weiße Rosen. So gut kannten sie mich beide. Sie sahen sich einen kurzen Moment lang in die Augen. Sie verglichen ihre Rosensträuße. Sie ahnten die Wahrheit, bevor sie ganz die Fäuste geballt hatten. Nur glauben konnten sie es nicht. Zwei wunderschöne Rosensträuße fielen in den Staub. Es gab eine ausgedehnte Schlägerei und zwei Scheidungen und eine Strafe. Ich blieb solange bei Hildegard. Ich hätte sie gerne geheiratet. Aber das ging ja leider nicht. Ich schnitt ein Foto von der

Hochzeit von Prinz Charles und Lady Diana aus der Zeitung aus und legte es mit einem melancholischen Lächeln zwischen die Seiten meiner Agenda. Was für ein wunderschönes Hochzeitskleid …

Mein elfter Mord

Jetzt wissen Sie also beinahe alles. Natürlich, da sind noch ein paar dunkle Stellen. Aber wir haben ja auch erst angefangen. Was sind schon drei Monate für einen Analytiker? Nichts.

Man hört ja immer, es sei unausweichlich, dass man sich in seinen Analytiker verliebe. Nun, in meinem Fall war das umgekehrt. Mein Analytiker hat sich in mich verliebt. Da war er aber noch gar nicht mein Analytiker. Ich war seine Putzfrau. Das bin ich übrigens immer noch.

In dieser Stadt leben viele erfolgreiche jüngere Menschen, denen der Gedanke, eine Putzfrau einzustellen, womöglich noch eine arme Portugiesin, Mutter von zwölf Kindern und Analphabetin, zuwider ist. Andererseits ist ihnen die Hausarbeit noch viel mehr zuwider. Ihnen kam ich wie gerufen, die ich ungefähr in ihrem Alter war, es offensichtlich »nicht nötig hatte« und deshalb wohl »ganz gerne machte«. Ich mache die Arbeit wirklich nicht ungern. Und ich verdiene gut dabei. Sie lassen sich ihr Gewissen etwas kosten, diese Künstler, Werber, Zahnärzte und Journalisten. Interessante Leute. Sogar ein Psychoanalytiker ist dabei. Eigentlich sehe ich kaum je einen von ihnen. Ab und zu bietet mir einer ein Glas Wein an oder leiht mir ein Buch aus oder schenkt mir Theaterkarten, die er selber nicht nutzen kann. Manche von ihnen laden mich sogar auf ihre Partys ein. Natürlich nehme ich nie an. Ab und zu fragte mich auch einer, warum ich ausgerechnet … ich sei doch eigentlich …

Ich antworte regelmäßig mit »warum nicht«, und dabei lassen sie es mit kaum verhohlener Erleichterung bewenden.

Den Analytiker mache ich immer abends, ich meine, seine Wohnung. Wenn er keine Klienten mehr hat, denn er arbeitet zu Hause. Montags und donnerstags, sieben bis neun. Bis vor drei Monaten begegneten wir uns eigentlich selten. Er hinterließ mir kleine Zettel, die ich nicht entziffern konnte, und ab und zu eine Schachtel Konfekt. Eines Abends war er jedoch zu Hause. Er war krank. Ich merkte es nicht sofort. Wie üblich schaltete ich als erstes den Fernseher ein, dann holte ich mir etwas zu trinken aus dem Kühlschrank und begann mit der Arbeit. Im Fernsehen lief gerade eine Gymnastiksendung, der ich zu folgen versuchte. Das konnte mir auf keinen Fall schaden. Und eins zwei drei, und eins zwei drei, und eins … Ich warf die Beine in die Luft, abwechslungsweise rechts und links, während ich Staub wischte. Ich mochte die Wohnung des Analytikers. Sie war hell und großzügig und leicht zu putzen. Wenig Möbel und viele Fenster mit einem wunderbaren Blick über die Dächer der Stadt. Ich hatte mich von Anfang an geweigert, die Fenster zu putzen.

Viel zu hoch, hatte ich gesagt, da gerate ich in Panik.

Und der Analytiker hatte, wie nicht anders zu erwarten war, verständnisvoll genickt und einen dieser sündteuren Putzdienste abonniert. So gab seine Wohnung für mich nicht viel zu tun. Im Fernsehen gingen sie nun zu Kniebeugen über. Ich schlüpfte aus meinem Rock, und da ich mich gerade so beschwingt fühlte, schleuderte ich ihn mit der Fußspitze in eine Ecke. Filmreif.

Kniebeugen: Eins, zwei, drei. Zwischendurch nippte ich immer wieder an meinem Weißwein. Nicht dass ich nicht gearbeitet hätte. Ich hatte die Wohnung wunderbar im Griff. Natürlich hätte ich das auch in wesentlich kürzerer Zeit geschafft. Aber was sollte ich mich abhetzen. Ich arbeitete lieber in meinem eigenen Rhythmus. Meine junggebliebenen, kreativen Arbeitgeber hätten sicher volles Verständnis für mich – wenn sie es wüssten.

Jetzt kamen die Liegestütze. Ich zog meine Bluse aus und warf mich auf den Boden. Liegestütze sind nicht gerade meine Lieblingsbeschäftigung. Nach drei oder vier gab ich keuchend auf und ließ mich in den weichen Teppich sinken. Ich schloss die Augen. Bei jedem Atemzug kitzelten mich die Teppichflusen in der Nase. Ich rollte mich auf den Rücken. Leise summte ich die sportliche Melodie mit, die die Sendung begleitete. Entspannung wurde angesagt. Als ich die Beine zur Kerze hochstemmte, sah ich ihn. Er stand im Türrahmen, blass und zerzaust, in einem verschwitzten halben Pyjama. Er starrte mich an, als ob er mich noch nie gesehen hätte. Eine Erscheinung, keine unangenehme, nach seinem Gesichtsausdruck zu schließen. Ich rollte mich zusammen, sprang auf und griff nach meinen Kleidern.

Sie gehören ins Bett, sagte ich freundlich.

Ohne ihn weiter zu beachten, zog ich mich an. Er drehte sich wortlos um und schlurfte ins Badezimmer. Ich nahm meine Arbeit wieder auf. Ich hatte kein schlechtes Gewissen. Warum auch. In Japan zwingt man die Menschen, ihre Arbeit durch Gymnastikschübe zu unterbrechen, und jeder weiß, dass auf der ganzen Welt nicht so viel gearbeitet wird wie in Japan.

Bevor ich an diesem Abend ging, brachte ich ihm eine Tasse Tee ans Bett und fragte, ob er noch etwas brauchte. Ich bot ihm sogar an, einen Arzt zu rufen, denn er sah wirklich schlecht aus. Er schüttelte den Kopf. Dann streckte er die Hand nach mir aus. Ich wich zurück. Er ließ die Hand auf die Bettdecke fallen. Da lag sie weiß. Ich ging. Als ich das nächste Mal kam, ging es ihm besser. Er wartete auf mich. Die Weißweinflasche stand auf dem Tisch, zwei Gläser und ein Aschenbecher. Ich wusste, dass er selber nicht rauchte und hatte deshalb immer besonders sorgfältig gelüftet. Wie es schien, ohne Erfolg. Er musste ein guter Beobachter sein. Aber das gehörte wohl auch zu seinem Beruf. Ich lächelte, setzte mich vorsichtig auf eine Stuhlkante und wartete. Was er von mir wollte? Er wollte mich analysieren. Nichts als das.

Warum?, fragte ich.

Er zuckte mit den Schultern.

Warum nicht, es könnte interessant sein.

Also gut, warum nicht.

Sachlich erklärte er mir, dass ich einen symbolischen Beitrag für die Stunde bezahlen müsste, damit mir ihr Wert bewusst sei und auch aus Prinzip. Ich war einverstanden. Wir einigten uns auf eine Summe, die mir so symbolisch auch wieder nicht vorkam, und vereinbarten eine Stunde am Dienstagmorgen um acht Uhr. Das war mir eigentlich zu früh, aber ich sagte nichts. Ich war nun selber neugierig geworden. Ich wollte wissen, wie weit er gehen würde. Ich wusste, was er wollte. Er wollte mich. Über den Umweg meiner Seele.

Ich fühlte mich unsicher, als ich mich zum ersten Mal auf das flache, harte Lederbett legte, das ihm als Couch diente. Er saß am Fußende auf einem Stuhl, der rechtwinklig zum Bett stand. Ich musste den Kopf heben, um ihn zu sehen. Ich hielt meine Arme links und rechts an den Körper gepresst und kratzte mit den Nägeln nervös über den Lederbezug.

Und jetzt, was soll ich sagen?

Eigentlich hatte ich mir vorgestellt, ihm irgendwelche Fantasiekindheiten zu erzählen. Nicht meine eigene, natürlich. Ich stellte mir vor, dass er so etwas gern hören würde. Aber dann, als ich auf diesem flachen Bett lag, fiel mir nichts mehr ein. Schließlich schilderte ich ihm die Wohnung der Journalistin, die ich anschließend putzen würde, und wie sich die junge Frau immer wieder entschuldigte, wenn sie zu Hause arbeiten musste und mir beim Putzen im Weg war, und wie viel sie mir zahlte, um ihr Gewissen ruhig zu halten.

Die Stunde ist um, sagte er.

Mit einem unbestimmten Gefühl der Enttäuschung stand ich auf. Er brachte mich zur Tür. Nur sein Blick verriet ihn.

In der nächsten Stunde versuchte ich, ihn zu provozieren. Ich zog mein linkes Bein an und streckte es wieder. Mehrmals. Langsam. Dabei verrutschte mein Rock. Er ließ sich nicht beirren. Allerdings konnte ich sein Gesicht nicht sehen. Die Hitze in meinem Bein musste nicht unbedingt von seinem Blick stammen. Mit der Zeit fand ich mich mit diesen Stunden ab. Ich erzählte, was mir gerade durch den Kopf ging, und er hörte mir zu. Mehr schien er nicht zu wollen. Nur an der Art, wie er mich ansah, wenn ich das Zimmer betrat oder verließ, erkannte ich seine Gefühle. Hin und wieder gab ich ihm Zucker. In Form eines Geheimnisses. Ob ihn das wirklich glücklich machte, so wie ich es mir vorstellte, konnte ich natürlich nie wissen. Dass ich mich in seine Hand gegeben hatte, merkte ich erst, als es schon zu spät war. Eines Tages reichte er mir nach der Stunde wortlos einen großen gelben Briefumschlag. Mäßig neugierig öffnete ich ihn erst im Bus, als ich zu meiner Journalistin fuhr. Er enthielt Fotokopien. Fotokopien von alten Zeitungsartikeln aus dem Ressort Unglücksfälle und Verbrechen. Die

Französischlehrerin hatte er ausgegraben, die Waldarbeiter, Nuntius, Armin, Frau Huwyler …

Ich bitte Sie, dies als Geschenk zu verstehen, nicht als Drohung, hatte er auf den Rand der untersten Kopie gekritzelt.

Ich warf alles in den Aktenfresser der Journalistin. Ich hatte ihn verstanden. Von Anfang an. Ich hatte wissen wollen, wie weit er gehen würde. Jetzt wusste ich es.

Sie haben nur eins vergessen, Herr Doktor. Ich bin immer noch Ihre Putzfrau. Erst gestern habe ich Ihre Wohnung geputzt. Gründlich wie immer. Auch das Badezimmer. Ist Ihnen gestern Abend nicht aufgefallen, dass Ihre Zahnpasta einen seltsamen Nachgeschmack hatte? Oder haben Sie es erst heute bemerkt? Sie sagen nichts, Herr Doktor. Ist Ihnen nicht gut?

Inhalt

blanvalet

Heitere Frauenunterhaltung bei Blanvalet

Freche Frauenromane, unschlagbar witzig,
intelligent und wahnsinnig sexy –
einfach gute Unterhaltung!

36290

36395

36365

36271

www.blanvalet-verlag.de

blanvalet

Thriller der Extraklasse bei Blanvalet

Nervenzerreißende Spannung und Gänsehaut-Garantie!

36343

36324

36360

36385

www.blanvalet-verlag.de